Je fais partie de l'opposition qui s'appelle la vie.

BALZAC

et si vous en doutez, Veuillez m'entendre, Sire,
enfin j'ai parcouru la hollande et l'empire,
enfin nos envoyés invoquèrent les Rois,
et du Malheur sacré firent parler les loix;
par des raisons d'État, on refusa nos larmes :
et la france agitée, au milieu des alarmes,
tendit sa main vaillante à notre adversité.
j'éprouvai sur le champ sa générosité;
on essuya mes pleurs; on m'offrit un asile,
                              qu'apaisée
la Reine me promit, que paisible et tranquille
la france, abdiquerait sa longue inimitié,
et défendrait nos droits, sans vendre sa pitié!...
Mais quelques vieux guerriers, qui servirent mon père,
indignés, au récit de ma triste misère,
de leurs bras généreux, m'offrirent le secours,.
Desquels je vis leur nombre, augmenter tous les jours,
je les remplis d'espoir, prodiguant les promesses;
pour avoir des soldats, j'épuisai mes richesses,
la Reine et Mazarin donnèrent leurs vaisseaux,
la hollande, à regret, m'ouvrit ses arsenaux;
j'y puisai sans scrupule, et je fus par mon zèle
en état de servir et venger ma querelle,
j'arjouse, d'apporter les fruits de mes efforts,
de la france, soudain, j'abandonnais les bords;

BALZAC

gaétan picon

écrivains de toujours/seuil

Pages 5 *à* 8 *: Les Balzac de Rodin.*

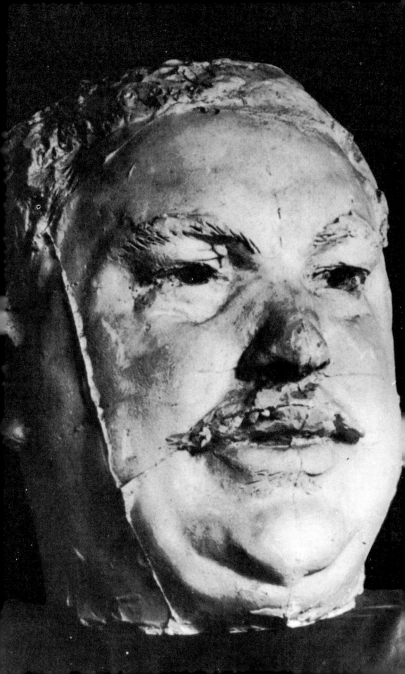

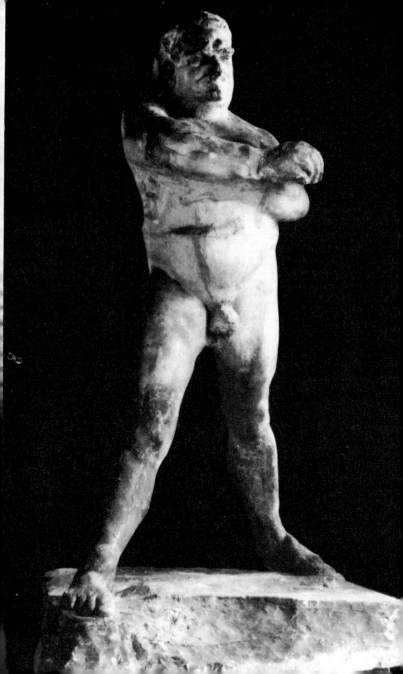

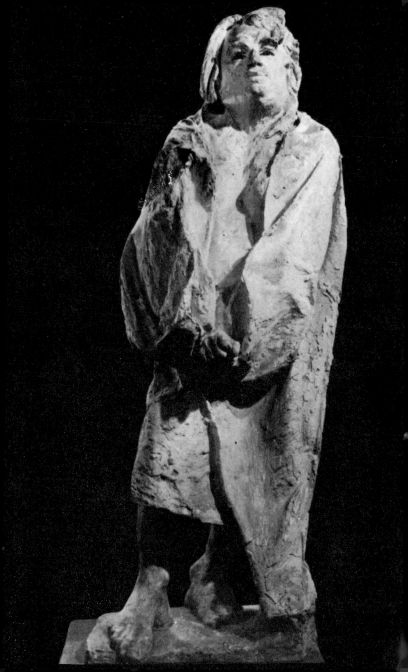

UNE CRÉATION SANS CRÉATEUR ?

Je n'y conçois rien moi-même...

Balzac est le créateur de *La Comédie Humaine*. Fut-il M. Honoré de Balzac ? Du personnage que les événements de sa vie, le témoignage de ses proches et sa correspondance nous permettent d'entrevoir, au Légendaire dont nous fait rêver le bruit de forge de *La Comédie Humaine*, quelle distance ! Balzac par lui-même ? S'il ne fut rien d'autre que le générateur de son œuvre, à quoi bon chercher à travers elle l'homme qu'il fut ou, dans l'homme, les raisons de l'œuvre ? Il semble que ce soit de lui que Hegel ait écrit que le poète n'existe pas en puissance, mais en acte...

Nulle œuvre ne domine à ce point son créateur, jusqu'à nous suggérer qu'elle l'engendre. Il est des écrivains que nous sentons supérieurs à leur œuvre ou, du moins, de plain-pied avec elle. Flaubert était plus que ses romans, Valéry plus que le chantier déserté qu'il laisse derrière lui. Nous sentons que l'éclair et le tranchant de la phrase stendhalienne s'allument et s'aiguisent dans le feu d'une vie prompte à se percevoir ; nous savons que Tolstoï et Dostoïevski ont vécu leur vérité comme leurs personnages la vécurent ; et tout le poids de la personnalité gœthéenne est dans la moindre phrase des *Entretiens*. Mais Balzac ? Il semble qu'il ait moins tiré son œuvre de lui-même qu'elle ne l'a tiré vers elle ; qu'il ait été non le potier modelant le vase d'argile, mais l'espace nul qui ne prend forme qu'entre ses parois.

9

Imaginons que nous ne sachions rien de Balzac, que nous soyons devant *La Comédie Humaine* comme devant une épopée anonyme : le sentiment qu'il n'y a aucune commune mesure entre cette œuvre et une vie, une individualité quelconque, ne serait-il pas le premier à nous saisir ? Œuvre si vaste, si complexe, si contradictoire, que peuplent des personnages si divers, qui recouvre des régions si éloignées les unes des autres : comment le poète aurait-il tiré de lui-même le disparate de cet immense univers ? A quelle unité réduire Eugénie Grandet et Valérie Marneffe, Vautrin et Benassis, Rastignac et Desplein, Louis Lambert et Philippe Bridau, — l'ambitieux et le sage, le criminel et le juste, le sensuel et le mystique, la vierge et la courtisane, l'homosexuel et l'amant de la femme, le traditionaliste et le rebelle ? On se dit alors que cette diversité balzacienne exprime celle-là même de la réalité, saisie dans une observation sans parti-pris.

Car Balzac s'est souvent attribué le seul mérite d'un inventaire gigantesque. *La Comédie Humaine* : le titre seul implique une distance, suggère que Balzac est spectateur, qu'il s'abstient de prendre parti et décrit le monde tel qu'il est. Il est le secrétaire de la société française qui, elle, compose sa propre histoire... Mais l'on songe aussitôt qu'aucune expérience humaine ne peut recouvrir étendue si vaste, et que Balzac lui-même a appelé son œuvre *les Mille et Une Nuits de l'Occident*.

L'Imagination, alors, en apparaît comme la source. Si on a longtemps fait gloire à Balzac d'avoir fondé le roman d'observation réaliste, les meilleurs ont toujours senti ce qu'il y avait en lui de poésie. Bourget lui-même l'appelle un « visionnaire analytique », et Hoffmannstahl a salué en termes magnifiques « cette imagination débordante et d'une richesse infinie, l'imagination créatrice la plus fertile et la plus dense qui ait jamais existé depuis Shakespeare ». — Inventaire ou féerie ? Il semble de toute façon que cette œuvre soit extérieure à l'unité et au parti-pris de la personnalité, qu'elle naisse comme en dehors d'elle-même. Et ce n'est pas sans apparence que Brunetière a pu voir en elle le type même de l'impersonnalité artistique : « Le caractère le plus apparent de son œuvre en est justement l'objectivité. Ses romans ne sont pas la confession de sa vie ; et le choix de ses sujets ne lui a jamais été dicté par des raisons particulières, et en quelque sorte privées... Il ne s'y raconte ni ne s'y explique... Ce n'est pas Balzac qui choisit son sujet, mais ce sont ses sujets qui le prennent, pour ainsi dire, et qui s'imposent à lui. »

Distance que les apparences de l'homme suggèrent plus encore... Une œuvre si profonde, si haute, et un homme aussi terre à terre, un peu vulgaire, épais ? « *Entre nous je ne suis pas profond, mais très épais.* » (A Clara Maffei, nov. 1838.)

Une vitalité puissante, un entrain d'abord physique, une sorte de concupiscence, de gourmandise insatiable, un appétit de vivre et de jouir qui est avant tout appétit de biens matériels — d'argent, de femmes, de gloire, de réputation, de titres, de vins et de fruits. « Ses lèvres palpitaient, ses yeux s'allumaient de bonheur, ses mains frémissaient de joie à la vue d'une pyramide de poires ou de belles pêches... Il était superbe de pantagruélisme végétal, sa cravate ôtée, sa chemise ouverte, son couteau à fruits à la main, riant, buvant, tranchant dans la pulpe d'une poire de doyenné. » (Gozlan.) Goinfrerie qui frappe Mme Hanska ; après la rencontre de Neuchâtel, elle écrit à son frère : « Tu te souviens que tu as toujours dit qu'il mangerait avec son couteau et se moucherait dans sa serviette. Eh bien, s'il n'a pas tout à fait commis ce dernier crime, il s'est certainement rendu coupable du premier. »

Vitalité physique qu'anime une santé paysanne : « M. de Balzac, dit Sainte-Beuve, avait le corps d'un athlète. » Et Gautier, qui le rencontre en 1835, est frappé de cette apparence : « Son froc, rejeté en arrière, laissait à découvert son col d'athlète ou de taureau, rond comme un tronçon de colonne, sans muscles apparents, et d'une blancheur satinée qui contrastait avec le ton plus coloré de la face... (Il) présentait les signes d'une santé violente peu en harmonie avec les pâleurs et les verdeurs romantiques à la mode. Son pur sang tourangeau fouettait ses joues pleines d'une pourpre vivace et coloriait chaudement ses bonnes lèvres épaisses et sinueuses, faciles au rire... »

Ce rire de Balzac :

« ... Il éclatait comme une bombe, si le mot lui plaisait : il le lui fallait bien salé ; il ne l'était jamais trop. Alors sa poitrine s'enflait, ses épaules dansaient sous son menton réjoui. Le franc tourangeau remontait à la surface. Nous croyions voir Rabelais à la Manse de l'abbaye de Thélème. Il se fendait de bonheur surtout à l'explosion d'un calembour bien niais, bien stupide, inspiré par ses vins... » (Gozlan.)

Tel est bien l'auteur des *Contes Drôlatiques*. Celui de *La Comédie Humaine* ?

Il est plein d'une vitalité joyeuse qui aspire à se dépenser. D'où ce rire, cette agitation, ce bavardage, ces facéties, ces mystifications perpétuelles. Imaginons-le dans une posture familière, tel que Lamartine le décrit, « debout devant la cheminée de marbre », imposant à un auditoire moins séduit qu'amusé l'un de ses interminables monologues. (« Son commerce était agréable, un peu fatigant de paroles », dit George Sand.) Sans doute donne-t-il la preuve d'une verve et d'une imagination intarissables. Mais sa verve n'est pas sans vulgarité : elle est celle de Bixiou, de Léon de Lora, des clercs facétieux de chez Derville, celle du dialogue en *rama* qui égaie la pension Vauquer ; elle ressemble aux à-peu-près qu'il note dans ses carnets et que nous retrouvons dans la bouche de tel personnage : *Il faut battre son frère quand il a chaud — Qui trop embrasse a mal aux reins — Il ne faut pas couvrir deux lèvres à la fois.* Son imagination est souvent au service d'une mythomanie intéressée. Que dit-il ? Qu'il s'appelle en réalité Honoré *de* Balzac, que ducs et duchesses sont ses amis, que des « richesses colossales » et un cœur aimant l'attendent en Ukraine, qu'il va faire fortune avec les noix de son jardin ou les mines d'argent de Sardaigne, qu'il connaît l'emplacement du trésor de Toussaint-Louverture... Épanchement naturel du joyeux convive, stratégie de la séduction par la bonne histoire et le bon mot : il y a du Balzac dans Gaudissart, dans le Georges Marest d'*Un Début dans la Vie*...

— *Vous étiez à Waterloo ? fit Oscar dont les yeux s'écarquillaient.*

— *Oui, jeune homme, j'ai fait la campagne de* 1815. *J'étais capitaine à Mont-Saint-Jean, et je me suis retiré sur la Loire, quand on nous a licenciés. Ma foi, la France me dégoûtait, et je n'ai pas pu y tenir. Non, je me serais fait empoigner. Aussi me suis-je en allé avec deux ou trois lurons, Selves, Besson et autres, qui sont à cette heure en Égypte,* au service du pacha Mohammed, un drôle de corps, allez ! Jadis simple marchand de tabac à la Cavalle, il est en train de se faire prince souverain. Vous l'avez vu dans le tableau d'Horace Vernet, le Massacre des Mamelucks. Quel bel homme ! Moi, je n'ai pas voulu quitter la religion de mes pères, et embrasser l'islamisme, d'autant plus que l'abjuration exige une opération chirurgicale de laquelle je ne me soucie pas du tout. Puis, personne n'estime un renégat. Ah ! si l'on m'avait offert cent mille francs de rente, peut-être... et encore?... non. Le Pacha me fit donner mille talari de gratification...

Écoutons-le maintenant qui décrit à Laure Surville, dont on devine les yeux écarquillés comme ceux d'Oscar, le fastueux termolama :

J'ai eu pour ma maladie ma robe de chambre qui destitue à jamais les robes blanches des chartreux ; c'est une robe de chambre en termolama. Or, il faut te dire que cette étoffe persane ou circassienne était pour moi à l'état de rêve, et, depuis 1834, où il me fut donné d'admirer cela à Genève, je me figurais que les reines seules pouvaient porter cela. C'est une étoffe toute en soie, qui offre dans son tissu tous les miracles du travail des cachemires de l'Inde, c'est le châle exécuté en soie, mais alors beaucoup plus brillant. Cela dure des années. On est vêtu de soleil. C'est chaud et léger. Mon termolama est à fond noir semé de palmettes pressées et entourées de fleurs d'une délicatesse admirable, à reflets d'or. C'est fait à la main, et cela ressemble au brocart de Venise ; car le brocart, c'est cela exécuté en soie, or et argent. Ma maladie m'a rendu enfant, car j'ai eu l'une de ces joies qu'on n'a qu'à dix-huit ans, quand à dix-huit ans on n'en a que douze. J'ai marché dans la gloire de mes palmes comme un sultan, et je t'écris dans ledit termolama. Les juifs caraïtes n'apportent cela que fabriqué en robe de chambre ; car aucune industrie européenne ne tiendrait devant ce produit ; en sorte qu'on ne peut avoir qu'une robe de chambre avec soi. J'ai gémi de ne pouvoir armer Valentine ou Sophie d'un termolama. Les femmes, en Pologne, ne s'en servent qu'en robe de chambre ou pour pelisse. Chacune de ces dames ici a son termolama. Je crois que cela se fabriquait du temps d'Abraham. (20 octobre 1849.)

Ce Balzac jouisseur — de ses propres paroles, de l'effet qu'elles produisent sur autrui et surtout sur les femmes qu'il veut conquérir, des tableaux et des meubles de sa collection (choisis sans discernement véritable), de considérations sociales et de luxe —, il est bien celui que révèle la *Correspondance*. Il restera toujours le jeune homme qui, dans une lettre à sa sœur Laure, imagine ainsi son proche avenir :

Dans peu, Lord R'hoone sera l'homme à la mode, l'auteur le plus fécond, le plus aimable, et les dames l'aimeront comme la prunelle de leurs yeux, et le reste ; et alors, le petit brisquet d'Honoré arrivera en équipage, la tête haute, le regard fier et le gousset plein. A son approche, on murmurera de ce murmure flatteur, et l'on dira : « C'est le frère de madame Surville ! » Alors les hommes, les femmes, les enfants et les embryons sauteront comme des collines, et j'aurai des bonnes fortunes en foule. C'est dans cette vue que j'économise pour user au besoin. Depuis hier, j'ai renoncé aux douairières, et je me rabats aux veuves de trente ans. Envoye toutes celles que tu trouveras à l'adresse de Lord R'hoone, à Paris, cela suffit. (Février 1822.)

Il ne cesse de parler des œuvres qu'il écrit, mais jamais comme d'un moyen d'approfondissement intérieur, ou comme d'une expérience technique. Si, dans chaque livre nouveau, il salue son chef-d'œuvre, c'est qu'il attend de lui la gloire et l'argent. La littérature ? L'art de faire fortune en tant de volumes, une forme de la stratégie amoureuse. Ses idées politiques, qui tiennent une grande place dans ses lettres, semblent soumises à son ambition, à son snobisme de parvenu, comme l'est sa théorie de l'élégance : il faut être avec les supériorités sociales, avec « *les gens comme il faut* ». N'y a-t-il pas, dans sa conversion royaliste, le désir de plaire à Mme de Castries, d'être admis par son entourage, poussé par lui, peut-être, à la députation ? ... Cette contradiction entre *Louis Lambert* et son auteur, la pure Zulma Carraud ne cesse de la dénoncer : « Que celui qui a peint *Lambert* devrait peu avoir besoin de chevaux anglais !... Honoré..., je souffre de ne pas vous voir grand. Tenez, quand vous dites de ces paroles qui décèlent une idée commune, comme celle de spéculer, par exemple, de votre pensée, je souffre mille morts, je dévore ma rougeur. Vous, envoyer un article à la *Revue de Paris !* Oh ! que j'ai regretté de ne pas avoir cent louis dans mon secrétaire pour vous enlever cette souillure ! Ah ! j'eusse vendu chevaux, voitures, la tenture perse même, plutôt que de donner à un drôle qui vous a offensé le droit de dire, et il le dira : *Pour de l'argent, on l'a toujours.* » (10 septembre 1832.)

Dans l'aveu de ses plus sincères passions, cette vulgarité affleure. « *Je ne te parle pas des richesses colossales. Qu'est-ce que cela devant un chef-d'œuvre de beauté... J'ai été enivré d'amour* », écrit-il à sa sœur après la rencontre de Neuchâtel. Écoutons-le décrire Mme de Castries à Zulma : « *Une de ces femmes aristocratiques, une vraie duchesse, bien dédaigneuse, bien aimante, fine, spirituelle, coquette, rien de ce que j'ai encore vu...* » Quelques jours après la mort de la duchesse d'Abrantès, il écrit à Ève : « *Quelque jour je vous expliquerai cette femme-là : ce sera une bonne soirée à Wierzchownia* ». Et dans l'œuvre, que de lapsus révélateurs ! Godefroid apprend que Mme de la Chanterie a un compte de seize cent mille francs. Alors Balzac : « *A notre époque, sur mille jeunes gens dans la situation de Godefroid, neuf cent quatre-vingt-dix-neuf eusssent eu la pensée d'épouser cette femme* ».

Mais on sait comment a vécu ce jouisseur : spolié de la vie, dans le tourment incessant d'une création gigantesque. « *Quand je n'écris pas mes manuscrits, je pense à mes plans, et quand je ne pense pas à mes plans et ne fais pas de manuscrits, j'ai des épreuves à corriger. Voici ma vie.* » Il a voulu être le Napoléon de la littérature ; mais, de l'empereur, il n'a partagé que les combats. Dans sa correspondance, deux thèmes obsédants : celui de la concupiscence, et le gémissement du forçat littéraire. Pour vivre — plus tard —, pour jouir — enfin —, il doit supprimer ce qu'on appelle *vie*. « *J'ai, pendant un mois, à ne pas quitter ma table, où je jette ma vie comme un alchimiste son or dans un creuset.* » (A Zulma, 1832.) Quelques échappées, quelques apparitions dans les salons aristocratiques et littéraires, quelques brèves aventures d'argent et d'amour, et puis la longue rêverie qui monte vers Mme Hanska... La vraie vie est celle qui commence lorsque, comme l'étranger des *Proscrits*, « *rentrant au logis... il s'enferme dans sa chambre, allume sa lampe inspiratrice, en demandant des mots au silence, des idées à la nuit.* »

Une journée de Balzac ? La voici : « *Je me couche à six heures du soir ou à sept heures, comme les poules ; on me réveille à une heure du matin, et je travaille jusqu'à huit heures ; à huit heures, je dors encore une heure et demie ; puis je prends quelque chose de peu substantiel, une tasse de café pur, et je m'attelle à mon fiacre jusqu'à quatre heures ; je reçois, je prends un bain, ou je sors, et après dîner, je me couche.* » (A Zulma, mars 1833.)

En 1831, il confiait déjà à la même amie :

« *Je vis sous le plus dur des despotismes : celui qu'on se fait à soi-même. Je travaille nuit et jour. Je suis venu ici me réfugier au fond d'un château, comme dans un monastère. Si je vais à Angoulême, ce sera pour travailler. Toujours les ressorts cérébraux tendus !... Pas de relâche ! Ma vie est un combat ; il faut que je dispute pied à pied la reconnaissance de mon talent, si talent il y a. Puis, ce qu'il m'en coûte de privations, pour obtenir ce travail forcé, ne s'explique pas. Point de plaisirs ! Quand je pense qu'aujourd'hui il y a des femmes qui m'écrivent de tous les côtés, et qui me complimentent, me croyant une vie de délices, quelquefois éprises, mais le plus souvent curieuses ou rouées ! Oh ! ne me soyez pas une accusatrice ; j'ai bien souvent pensé à vous et, si je ne vous ai pas écrit plus souvent, la faute en est à ma cruelle vie. L'égoïsme de l'homme qui vit par la pensée est quelque chose d'affreux. Pour être un homme en dehors des autres, il faut commencer par s'en mettre réellement en dehors. N'est-ce pas un martyre pour un homme qui ne vit que par l'épanchement des sentiments, qui ne respire que tendresse, et qui a besoin de trouver sans cesse près de lui une âme pour asyle, de méditer, de comparer, d'inventer, de chercher sans cesse, de voyager dans les espaces de la pensée, quand il aime à aimer ?* »

Cette chambre où il s'enferme, enveloppé de sa robe blanche de moine, tous rideaux tirés, où la plume de corbeau court sur le papier bleuté, à la lueur des six bougies dans leurs candélabres d'argent, qu'elle ressemble peu à ce grenier où Stendhal connaissait « le vrai bonheur de l'animal » ! Stendhal écrit avec sa vie, et vit de l'écrire ; Balzac en supprimant la vie, et pour vivre autrement. Cette spoliation et cette nécessité de la nuit, quels symboles ! Il lui faut, pour créer, se transporter dans ce monde en dehors de la vie que créent l'intoxication du café, la protection de l'heure et du silence, et une sorte d'hypnose somnambulique qui ne peut se produire que si le travail est assez prolongé pour donner à l'imaginaire une cohérence et une épaisseur supérieures à celles du réel. « *Il m'est impossible de travailler quand je dois sortir et je ne travaille jamais pour une heure ou deux.* » Alors, sous l'influence du café, « *tout s'agite, les idées s'ébranlent comme les bataillons de la Grande Armée sur le terrain de bataille, et la bataille a lieu. Les souvenirs arrivent au pas de charge, enseignes déployées ; la cavalerie légère des comparaisons se développe par un magnifique galop ; l'artillerie de la logique accourt avec son train et ses gargousses ; les traits d'esprit arrivent en tirailleurs ; les figures se dressent, le papier se couvre d'encre...* » Alors, sur le monde évanoui, s'établit le règne de l'inspiration :

... Il est reconnu qu'il (l'artiste) n'est pas lui-même dans le secret de son intelligence. Il opère sous l'empire de certaines circonstances, dont la réunion est un mystère. Il ne s'appartient pas. Il est le jouet d'une force éminemment capricieuse.

Tel jour, et sans qu'il le sache, un air souffle et tout se détend. Pour un empire, pour des millions, il ne toucherait pas son pinceau, il ne pétrirait pas un fragment de cire à mouler, il n'écrirait pas une ligne ; et, s'il essaye, ce n'est pas lui qui tient le pinceau, la cire ou la plume, c'est un autre, c'est son double, son Sosie : celui qui monte à cheval, fait des calembours, a envie de boire, de dormir, et n'a d'esprit que pour inventer des extravagances.

Un soir, au milieu de la rue, un matin en se levant, ou au sein d'une joyeuse orgie, il arrive qu'un charbon ardent touche ce crâne, ces mains, cette langue ; tout à coup, un mot réveille les idées ; elles naissent, grandissent, fermentent. Une tragédie, un tableau, une statue, une comédie, montrent leurs poignards, leurs couleurs, leurs contours, leurs lazzis. C'est une vision, aussi passagère, aussi brève que la vie et la mort ; c'est profond comme un précipice, sublime comme un bruissement de la mer ; c'est une richesse de couleur qui éblouit ; c'est un groupe digne de Pygmalion, une femme dont la possession tuerait même le cœur de Satan ; c'est une situation à faire rire un pulmonique expirant ; le travail est là, tenant tous ses fourneaux allumés ; le silence, la solitude ouvrent leurs trésors. rien n'est impossible. Enfin, c'est l'extase de la conception voilant les déchirantes douleurs de l'enfantement.

Tel est l'artiste : humble instrument d'une volonté despotique, il obéit à un maître. (Des artistes.)

Ni les expériences de la vie (pas même ces confidences d'alcôve dont Sainte-Beuve feint de croire qu'elles ont tout appris à Balzac), ni les partis-pris de la personnalité ne suffisent à expliquer cette œuvre qui doit attendre pour naître la venue d'une imagination nocturne qui efface vie et personnalité. Car dans la nuit de la création balzacienne, resplendissent des constellations jamais vues, des feux jamais éprouvés, une expérience incommensurable à ce qui fut la vie réelle, si hâtive, fragmentaire, dévorée par l'œuvre, — un monde violent et tragique qui ne ressemble guère au mystificateur jovial qui l'a créé, un univers mystique qui rejette ce sensuel, un élan d'opposition et de révolte qui désavoue ce défenseur de l'ordre. Qu'il y a loin de cet homme à ce monde, du visage que fixent les caricatures du temps à l'oiseau géant dont le roc n'a pas encore libéré les ailes, et que Rodin a vu ! Il semble que l'œuvre ait été écoutée, donnée par quelque merveilleuse chance en une nuit d'Idumée prodigieuse tenacement rêvée pendant trente ans. *« Il faut que la pensée ruisselle de ma tête, comme l'eau d'une fontaine. Je n'y conçois rien moi-même. »*

Une création sans créateur ? Disons plutôt une création créant son créateur, un homme qui n'existe que comme l'enfant de son œuvre. Oublions M. Honoré de Balzac : il n'y a que l'auteur de *La Comédie Humaine*. Mais si Balzac n'est rien d'autre que son œuvre et son aptitude à la créer, la tentative semble vaine, fût-ce en partant de l'œuvre, de rejoindre l'homme : seule serait fondée l'analyse de l'œuvre, de ses structures, comme d'un monde rigoureusement indépendant. Une œuvre et un démiurge qui pour nous se réduit à son geste ?

Il peut le paraître. Et lorsque Balzac, au lieu de définir et de projeter ses ambitions, tente de se concevoir, il désigne une sorte de vide dont n'émerge que ce qui est justement l'aptitude créatrice : l'énergie, et cette ambiguïté intérieure capable de tout concevoir, de tout devenir parce qu'elle n'est rien. *« Je ne suis sûr que de mon courage de lion et de mon invincible travail. »* (A Armand Pérémé,

1838.) Mais il n'a jamais mieux parlé de lui-même que dans cette lettre adressée à la duchesse d'Abrantès (juillet 1826) :

Je puis vous assurer, madame, que, si j'ai une qualité, c'est je crois celle que vous me verrez le plus souvent refuser, celle que tous ceux qui croient me connaître me dénient, c'est l'énergie...

... Je vous dirai que vous ne pouvez rien conclure de moi, contre moi ; que j'ai le caractère le plus singulier que je connaisse. Je m'étudie moi-même comme je pourrais le faire pour un autre. Je renferme dans mes cinq pieds deux pouces toutes les incohérences, tous les contrastes possibles, et ceux qui me croiront vain, prodigue, entêté, léger, sans suite dans les idées, fat, négligent, paresseux, inappliqué, sans réflexion, sans aucune constance, bavard, sans tact, malappris, impoli, quinteux, inégal d'humeur, auront tout autant raison que ceux qui pourraient dire que je suis économe, modeste, courageux, tenace, énergique, négligé, travailleur, constant, taciturne, plein de finesse, poli, toujours gai. Celui qui dira que je suis poltron n'aura pas plus tort que celui qui dira que je suis extrêmement brave, enfin savant ou ignorant, plein de talent ou inepte ; rien ne m'étonne plus de moi-même. Je finis par croire que je ne suis qu'un instrument dont les circonstances jouent.

Ce kaléidoscope-là vient-il de ce que le hazard (sic) jette dans l'âme de ceux qui prétendent vouloir peindre toutes les affections et le cœur humain, toutes ses affections mêmes afin qu'ils puissent par la force de leur imagination ressentir ce qu'ils peignent et l'observation ne serait-elle qu'une sorte de mémoire propre à aider cette mobile imagination ? Je commence à le croire...

Balzac pourtant fut autre chose que cette disponibilité créatrice, ce don d'énergie et de plasticité en un être qui ne le mérite pas. *La Comédie Humaine* n'est pas plus le fruit d'une inspiration gratuite que le résultat d'une enquête sans parti-pris. Sans doute l'idée d'une observation ou d'une imagination objective, qui ne traduirait ni les points de vue ni les secrets de celui qui regarde ou imagine, n'est-elle qu'une idée limite. Flaubert écrivant *Madame Bovary*, Eugène Sue inventant *Les Mystères de Paris* sont pourtant plus détachés d'eux-mêmes que Balzac lorsqu'il compose le *Père Goriot* ou rêve *Splendeurs et Misères*. Cette œuvre, à la mieux lire, cette personnalité, à la mieux regarder, révèlent un rapport très étroit. Ce vaste inventaire social, cette féerie de mythes et de figures, n'abandonne jamais le sillage des passions, les désirs et les drames de la personnalité. Si l'abîme semble si grand entre l'homme et l'œuvre, et propre à accréditer l'interprétation d'un regard ou d'un rêve objectifs, c'est que l'écart est immense entre le Balzac apparent et le Balzac profond. La distance réelle entre l'être extérieur et l'être intérieur crée la distance illusoire entre l'homme et l'œuvre. Balzac n'est pas seulement un démiurge : il est l'ensemble des passions dont se nourrit sa démiurgie. *La Comédie Humaine* vient de lui, et son unité est d'abord celle d'une voix intérieure ou d'un même plasma germinatif. L'homme emplit son œuvre, comme l'eau sa vasque. L'homme réel ? Plutôt l'homme mythique, qui se rejoint en imaginant d'autres vies mieux qu'en réfléchissant sur la sienne. Il n'a pas eu besoin de sa création pour être ; il en a eu besoin, sinon pour savoir, du moins pour montrer ce qu'il est.

Cette scission entre l'homme apparent et l'homme profond est la marque du créateur, et nul mieux que Balzac n'en présente le type. Tourné vers sa création, il ne peut donner aux autres, fût-ce à ceux qu'il chérit, que ses aspects les plus superficiels, des fragments sans signification. Dans sa *Correspondance*, il livre ses sentiments les plus immédiats, les plus simples, ses idées les moins personnelles. Il n'a pas le temps de dire davantage. C'est aussi qu'il n'est pas en possession de sa propre vérité. Envers lui-même, il n'agit pas autrement qu'envers les autres : il ne livre pas beaucoup plus à sa conscience qu'à ses confidents d'un jour. N'en concluons pas qu'il ne soit rien d'autre que ce qu'il livre. Son œuvre est là, qui témoigne qu'il a été beaucoup plus.

« *Pour juger un homme*, dit Raphaël à Lousteau, *au moins faut-il être dans le secret de sa pensée, de ses malheurs, de ses émotions ; ne vouloir connaître de sa vie que les événements matériels, c'est faire de la chronologie, l'histoire des sots.* » — « *Nous allons de nous aux hommes, jamais des*

hommes à nous », dit le Benassis du *Médecin de Campagne*.
C'est bien de lui-même aussi que part Balzac dans sa
marche vers ses personnages. Mais il faut qu'il aboutisse
à ses personnages et à son œuvre, sinon pour se voir lui-
même, du moins pour s'y « donner à voir ».

OEUVRES COMPLÈTES

DE

M. DE BALZAC.

EN FERMANT LES YEUX, J'Y SUIS...

Les souvenirs arrivent au pas de charge...

Balzac a présenté son œuvre comme exercice de l'imagination ou de l'observation, jamais comme autobiographie. Dans l'*Avant-Propos* de 1842, pas un mot de cette source d'inspiration à laquelle le Romantisme a pourtant donné ses titres de noblesse. Il a soin de dire (par le truchement de Félix Davin) que l'auteur de la *Physiologie du Mariage* n'est pas celui que l'on pense : « *Il est cependant bien difficile de persuader au public qu'un auteur peut concevoir le crime sans être criminel* ». Dans la préface à *La Peau de Chagrin*, il répudie nettement toute attache à la littérature confidentielle : « *Il y a sans doute beaucoup d'auteurs dont le caractère personnel est vivement reproduit par la nature de leurs compositions, et chez lesquels l'œuvre et l'homme sont une seule. et même chose ; mais il est d'autres écrivains dont l'âme et les mœurs contrastent puissamment avec la forme et le fond de leurs ouvrages ; en sorte qu'il n'existe aucune règle positive pour reconnaître les divers degrés d'affinité qui se trouvent entre les pensées favorites d'un artiste et les fantaisies de ses compositions.* » — Et nul doute que Balzac ne se range parmi ceux qui tiennent leur création à distance. Le génie n'est rien d'autre que l'énigmatique pouvoir d'imaginer le vrai hors de toute expérience :

... Il se passe chez les poètes ou chez les écrivains réellement philosophes, un phénomène moral, inexplicable, inouï,

dont la science peut difficilement rendre compte. C'est une sorte de seconde vue qui leur permet de deviner la vérité dans toutes les situations possibles ; ou, mieux encore, je ne sais quelle puissance qui les transporte là où ils doivent, où ils veulent être. Ils inventent le vrai, par analogie, ou voient l'objet à décrire, soit que l'objet vienne à eux, soit qu'ils aillent eux-mêmes vers l'objet.

L'auteur se contente de poser les termes de ce problème, sans en chercher la solution ; car il s'agit pour lui d'une justification et non d'une théorie philosophique à déduire.

Donc, l'écrivain doit avoir analysé tous les caractères, épousé toutes les mœurs, parcouru le globe entier, ressenti toutes les passions, avant d'écrire un livre ; ou les passions, les pays, les mœurs, les caractères, accidents de nature, accidents de morale, tout arrive dans sa pensée. Il est avare ou il conçoit momentanément l'avarice, en traçant le portrait du laird de Dumbiedikes. *Il est criminel, conçoit le crime, ou l'appelle et le contemple en écrivant* Lara.

Nous ne trouvons pas de moyen terme à cette proposition cervico-littéraire.

Mais à ceux qui étudient la nature humaine, il est démontré clairement que l'homme de génie possède les deux puissances.

Il va, en esprit, à travers les espaces, aussi facilement que les choses, jadis observées, renaissent fidèlement en lui, belles de la grâce ou terribles de l'horreur primitive qui l'avaient saisi. Il a réellement vu le monde, ou son âme le lui a révélé intuitivement. Ainsi le peintre le plus chaud, le plus exact de Florence n'a jamais été à Florence ; ainsi, tel écrivain a pu merveilleusement dépeindre le désert, ses sables, ses mirages, ses palmiers sans aller de Dan à Sahara.

Les hommes ont-ils le pouvoir de faire venir l'univers dans leur cerveau, ou leur cerveau est-il un talisman avec lequel ils·abolissent les lois du temps et de l'espace ?... La science hésitera longtemps à choisir entre ces deux mystères également inexplicables. Toujours est-il constant que l'inspiration déroule au poète des transfigurations sans nombre et semblables aux magiques fantasmagories de nos rêves. Un rêve est peut-être le jeu naturel de cette singulière puissance, quand elle reste inoccupée !... (Préface à La Peau de Chagrin.)

Devant ses récits les plus évidemment autobiographiques, même réaction. A propos du *Lys dans la Vallée*, le plus considérable, écrit-il, de tous les ouvrages où l'auteur a utilisé le *Je* comme moyen d'expression, il déclare « *qu'il ne s'est nulle part mis en scène* » et qu'il a « *sur la promiscuité des sentiments personnels et des sentiments fictifs une opinion sévère et des principes arrêtés* ». Au Rousseau des *Confessions*, auquel il se compare dans l'une de ses premières lettres à Mme de Berny, il reproche d'avoir trahi Mme de Warens.

Pourtant, il a lui-même reconnu l'incidence de ses souvenirs dans telle ou telle création imaginaire. Décrivant les éléments de son inspiration, il n'oublie pas l'évocation du passé : « *les souvenirs arrivent au pas de charge* ». Il a le pouvoir de rappeler à lui les minutes heureuses, et le romancier, comme l'homme, use de ce pouvoir :

« *Il n'y a qu'une seule chose qui me donne des heures quasi heureuses : c'est de revivre par la pensée, dans certains jours du passé, qui reviennent avec une fidélité d'impression, de netteté de mémoire surprenantes. En fermant les yeux j'y suis* ». (A Ève, août 1847.)

« *Le souvenir est un des moyens qui peuvent nous aider à rendre l'air pur et faire briller le soleil dans notre âme.* » (A la Comtesse Maffei, avril 1834.)

Mais la mémoire des souffrances est plus féconde encore, si bien qu'il lui arrive d'y rattacher son génie de romancier :

J'ai été pourvu d'une grande puissance d'observation parce que j'ai été jeté à travers toutes sortes de professions, involontairement. Puis, quand j'allais dans les hautes régions de la société, je souffrais par tous les points où la souffrance arrive, et il n'y a que les âmes méconnues et les pauvres qui savent observer, parce que tout les froisse et que l'observation résulte de la souffrance. La mémoire n'enregistre rien que ce qui est douleur. A ce titre, elle vous rappelle une grande joie, car un plaisir — un grand plaisir — touche de bien près à la douleur.

La préface du *Lys dans la Vallée* est, partiellement,

une précaution : mieux vaut que Mme Hanska n'identifie pas Laure de Berny et Henriette de Mortsauf. Mais, plus profondément, elle exprime cette vérité dont Balzac est conscient : si important que soit le rôle du souvenir, il s'efface devant celui de l'imaginaire. Balzac reçoit infiniment moins qu'il ne donne, reproduit moins qu'il ne transfigure, au moment même où il reçoit et reproduit le plus.

Il convient donc de ne pas accorder à cette relation rétrospective de l'œuvre et de la vie plus de valeur qu'elle n'en mérite. Du moins ne peut-on pas la passer sous silence.

Il se souvient d'abord de l'enfant qu'il fut. Comme Baudelaire et comme Stendhal, Balzac eut une enfance blessée : sa mère ne l'aime pas comme il souhaite qu'elle l'aime. Elle est de caractère difficile, sec, égoïste : sa tendresse va vers Henri, qui n'est sans doute pas l'enfant légitime. En juillet 1821, Honoré écrit à Laure : « *Quant à maman, rappelle-toi les derniers jours de ta demoisellerie, et tu pourras comprendre ce que Laurence et moi endurons. La nature entoure toujours les roses d'épines, et les plaisirs*

Laure Balzac.

d'une foule de chagrins. *Maman suit l'exemple de la nature. Elle est massacrante pendant cinq heures et gaie, affable un moment... Chère Sœur, tant que j'y serai, j'imiterai papa, je ne dirai rien ; mais j'ai la ressource qu'il n'a pas, c'est de m'isoler.* »

Plus tard, écrivant à sa mère, il trouvera des paroles impitoyables :

« *Tu seras toujours comme une poule qui a couvé l'œuf d'un volatile étranger aux basses-cours... Là où la multiplicité de mes travaux étonne, est l'objet de la* pitié *des indifférents, tu ne les trouves pas assez nombreux, assez rapides...* (Avril 1844.)

Et, en mars 1849, de Wierzchownia :

« *Il faut qu'il me tombe une lettre, qui, moralement parlant, fait l'effet des regards irrités et fixes avec lesquels tu terrifiais tes enfants quand ils avaient quinze ans, et qui, à cinquante ans que j'ai malheureusement, manquent tout à fait leur coup... Je ne te demande certes pas de feindre des sentiments que tu n'aurais pas, car Dieu et toi savez bien que tu ne m'as pas étouffé de caresses ni de tendresses depuis que je suis au monde. Et tu as bien fait, car si tu m'avais aimé comme tu as aimé Henri, je serais sans doute où il est, et, dans ce sens, tu as été une bonne mère pour moi.* »

Madame Balzac.

Dureté qui peut paraître excessive, si l'on songe qu'alors Madame Balzac a quelque raison de se plaindre des prodigalités de son fils, et surtout qu'elle est devenue la docile exécutante de ses ordres, préparant l'hôtel de la rue Fortunée, avec la consigne de quitter la scène dès l'arrivée des époux, mais que justifie un ancien, un incurable ressentiment, — le secret qu'il livre en 1846 à Madame Hanska :

... Je n'ai jamais eu de mère ; aujourd'hui, l'ennemi s'est déclaré. Je ne t'ai jamais dévoilé cette plaie ; elle était trop horrible, et, il faut le voir pour le croire.

Aussitôt que j'ai été mis au monde, j'ai été envoyé en nourrice chez un gendarme, et j'y suis resté jusqu'à l'âge de quatre ans. De quatre à six ans, j'étais en demi-pension, et à six ans et demi, j'ai été envoyé à Vendôme, j'y suis resté jusqu'à quatorze ans, en 1813, n'ayant vu que deux fois ma mère. De quatre à six ans, je la voyais les dimanches. Enfin, un jour, une bonne nous a perdus, ma sœur Laure et moi !

Quand elle m'a pris chez elle, elle m'a rendu la vie si dure qu'à dix-huit ans, en 1817, je quittais la maison paternelle et j'étais installé dans un grenier, rue Lesdiguières, y menant la vie que j'ai décrite dans La Peau de Chagrin. *J'ai donc été, moi et Laurence, l'objet de sa haine. Elle a tué Laurence, mais moi je vis, et elle a vu mon adoration pour elle se changer en crainte, la crainte en indifférence ; et aujourd'hui, elle en est arrivée à me calomnier. Elle veut me donner des torts apparents. Elle a dit cent fois à ma sœur hier :* « Tu verras que ton frère ne viendra pas me rendre ses devoirs. » *Son accueil haineux est venu de ce que j'ai trompé ses prévisions. Dans quel cœur verserais-je ces atroces douleurs, si ce n'est dans le tien ? D'ailleurs ne faut-il pas que tu saches pourquoi je ne veux pas qu'il y ait la moindre relation de famille entre toi et les miens.*

J'ai formellement pris la résolution, quant à moi, de ne voir ma mère que le premier jour de l'an, le jour de sa fête et celui de sa naissance, pendant dix minutes. Quant à toi, ma femme, entre ma sœur et ma mère, ce ne sera qu'un échange de cartes. Mais combien de blessures pour en arriver là ! Mme de Berny me l'a prédit en 1822. Elle disait : « Vous êtes un œuf d'aigle couvé chez des oies. » *Elle exceptait mon père de cette famille, et quand je voulais parler de ma sœur,*

*elle me disait : « Votre sœur sera comme votre mère. » Et
elle a eu raison...*

Cette vieille blessure ineffacée revit dans les premières
pages du *Lys dans la Vallée.* Comme pour Balzac la tendresse tutélaire de Laure, celle d'Henriette est pour
Félix de Vandenesse une compensation de l'amour
filial frustré. (« *Ma pauvre maman* », écrit Balzac à Laure.
Et Henriette à Félix : « *Cher enfant* »...)

*Quelle vanité pouvais-je blesser, moi nouveau-né ? Quelle
disgrâce physique ou morale me valait la froideur de ma
mère ? Étais-je donc l'enfant du devoir, celui dont la naissance est fortuite ou celui dont la vie est un reproche ? Mis
en nourrice à la campagne, oublié par ma famille pendant
trois ans, quand je revins à la maison paternelle, j'y comptais
pour si peu de chose que j'y subissais la compassion des gens.
Je ne connais ni le sentiment, ni l'heureux hasard à l'aide
desquels j'ai pu me relever de cette première déchéance :
chez moi l'enfant ignore, et l'homme ne sait rien. Loin
d'adoucir mon sort, mon frère et mes deux sœurs s'amusèrent
à me faire souffrir. Le pacte en vertu duquel les enfants
cachent leurs peccadilles et qui leur apprend déjà l'honneur,
fut nul à mon égard ; bien plus, je me vis souvent puni pour
les fautes de mon frère, sans pouvoir réclamer contre cette
injustice ; la courtisanerie, en germe chez les enfants, leur
conseillait-elle de contribuer aux persécutions qui m'affli-
geaient, pour se ménager les bonnes grâces d'une mère également redoutée par eux, était-ce besoin d'essayer leurs
forces, ou manque de pitié ? Peut-être ces causes réunies
me privèrent-elles des douceurs de la fraternité. Déjà déshérité
de toute affection, je ne pouvais rien aimer, et la nature
m'avait fait aimant ! Un ange recueille-t-il les soupirs
de cette sensibilité sans cesse rebutée ? Si dans quelques
âmes les sentiments méconnus tournent en haine, dans la
mienne, ils se concentrèrent et s'y creusèrent un lit d'où,
plus tard, ils jaillirent sur ma vie. Suivant les caractères,
l'habitude de trembler relâche les fibres, engendre la crainte,
et la crainte oblige à toujours céder. De là vient une faiblesse
qui abâtardit l'homme et lui communique je ne sais quoi
d'esclave. Mais ces continuelles tourmentes m'habituèrent
à déployer une force qui s'accrut par son exercice et prédisposa
mon âme aux résistances morales.*

Plus tard, lorsqu'il écrira des livres presque totalement affranchis de semblables réminiscences, il se souviendra encore du drame de l'injustice maternelle. Mme Bridau, dans *La Rabouilleuse*, est une mère sévère pour Joseph. son enfant de génie, indulgente à Philippe, son fils indigne. Dans *La Femme de Trente ans*, il s'agit non d'un rappel épisodique, mais d'une donnée fondamentale : la mère coupable aime son fils, déteste sa fille, et c'est dans cette préférence, qui peut-être le provoque, que la frappera le destin. Dans *L'Enfant Maudit*, c'est le sujet même du récit, simplement inversé. La première partie, écrite en 1831, nous montre Étienne d'Hérouville haï par son père et adoré par sa mère en secret : dans la seconde, écrite en 1836, si le père est réhabilité, puisque le vieux duc s'éprend tardivement d'Étienne, n'est-ce point parce que Balzac est en voie de fermer par son œuvre cette blessure du cœur, et que succède au mythe de la mère celui du père, symbole de la création ?

Cette blessure est au fond de sa souffrance enfantine ; elle n'en est pourtant pas la seule forme. Sous la jovialité des premières lettres à sa sœur, affleure une singulière aptitude à la détresse. « *Il y a des êtres qui naissent malheureusement, je suis de ce nombre* », écrivait-il déjà à Mme de Berny. Et à Laure, sa sœur (*août 1821*) : « *Plût aux dieux que je ne fusse jamais né !... L'on est si malheureux seul, si malheureux en société, si malheureux mort, si malheureux en vie...* » Il est un enfant inquiet et timide parce que, tout de suite, il se sait différent. Différent, sans doute, parce qu'il n'a pas été aimé, mais aussi parce qu'il se veut supérieur aux autres, et souffre de ne pas voir cette supériorité reconnue. Il veut être préféré, il veut être vu, et il lui semble que personne ne le regarde.

Inaperçu sur la terre, et c'est un de mes plus grands chagrins, j'aurai vécu comme des millions d'ignorés qui sont passés comme s'ils n'avaient jamais été...

Lorqu'on est médiocre, qu'on n'a pour tout bien qu'une âme sans fiel et sans levain, on doit se faire justice ; la médiocrité de moyens ne donne point de grandes jouissances, et faute de ce pouvoir de distribuer les grandes émotions et de répandre les trésors de la renommée, du talent, des grandeurs, c'est obligation de retirer son cœur de la scène, car il ne faut leurrer personne. Il y a la même friponnerie morale, que lorsqu'on vante une maison qui croule. *Les avantages du génie et les privilèges des grands hommes sont les seules choses qu'il soit impossible d'usurper. Un nain ne peut pas lever la massue d'Hercule.*

J'ai dit que je mourrais de chagrin le jour que je reconnaîtrais que mes espérances sont impossibles à réaliser. Quoique je n'aie encore rien fait, je pressens que ce jour approche. Je serai victime de ma propre imagination. Aussi, Laure, je vous conjure de ne point vous attacher à moi, je vous supplie de rompre tout lien. (A Mme de Berny, 30 juillet 1822.)

Ce doute de soi, qui naît de la rencontre de son ambition et de sa frustration enfantine, lui donne devant le premier amour la timidité et le sentiment d'infériorité qu'il dépeint ainsi : « *Je n'ai ni grâces ni hardiesse, rien d'agressif, en un mot je suis comme ces jeunes filles qui paraissent gauches, sottes, timides, douces... Au surplus, jamais je peindrai mieux mon caractère qu'il n'a été dépeint par un grand homme. Relisez les* Confessions, *et vous l'y trouverez tout au long.* » (1822.)

Le Lys dans la Vallée, La Peau de chagrin, Louis Lambert se souviendront de ce drame de la séparation et de l'inexistence. *Louis Lambert* évoque le collège des Oratoriens de Vendôme où Balzac sera, de 1807 à 1813, selon les termes de l'un de ses professeurs, « *un gros enfant joufflu et rouge de visage, l'hiver couvert d'engelures aux doigts et aux pieds... taciturne... et dont on ne peut rien tirer.* » Dans ce collège où il fera « *le cruel noviciat de la vie sociale* »,

il connaîtra la solitude du génie naissant. Il y sera le poète que n'épargne pas la férule, moqué des professeurs et des élèves, et qui n'a pas, comme Louis, la consolation de l'amitié. Cette souffrance de la supériorité méconnue revit dans l'épisode de la confiscation du *Traité de la Volonté* :

Il commença le lendemain même un ouvrage qu'il intitula Traité de la Volonté *; ses réflexions en modifièrent souvent le plan et la méthode ; mais l'événement de cette journée solennelle en fut certes le germe, comme la sensation électrique toujours ressentie par Mesmer à l'approche d'un valet fut l'origine de ses découvertes en magnétisme, science jadis cachée au fond des mystères d'Isis, de Delphes, dans l'antre de Trophonius, et retrouvée par cet homme prodigieux à deux pas de Lavater, le précurseur de Gall. Éclairées par cette soudaine clarté, les idées de Lambert prirent des proportions plus étendues ; il démêla dans ses acquisitions des vérités éparses, et les rassembla ; puis, comme un fondeur, il coula son groupe. Après six mois d'une application soutenue, les travaux de Lambert excitèrent la curiosité de nos camarades et furent l'objet de quelques plaisanteries cruelles qui devaient avoir une funeste issue. Un jour, l'un de nos persécuteurs, qui voulut absolument voir nos manuscrits, ameuta quelques-uns de nos tyrans, et vint s'emparer violemment d'une cassette où était déposé ce trésor que Lambert et moi nous défendîmes avec un courage inouï. La boîte était fermée, il fut impossible à nos agresseurs de l'ouvrir ; mais ils essayèrent de la briser dans le combat, noire méchanceté qui nous fit jeter les hauts cris. Quelques camarades animés d'un esprit de justice ou frappés de notre résistance héroïque, conseillèrent de nous laisser tranquilles en nous accablant d'une insolente pitié. Soudain, attiré par le bruit de la bataille, le père Haugoult intervint brusquement, et s'enquit de la dispute. Nos adversaires nous avaient distraits de nos pensum, le Régent venait défendre ses esclaves. Pour s'excuser, les assaillants révélèrent l'existence des manuscrits. Le terrible Haugoult nous ordonna de lui remettre la cassette : si nous résistions, il pouvait la faire briser ; Lambert lui en livra la clef, le Régent prit les papiers, les feuilleta ; puis il nous dit en les confisquant : — Voilà donc les bêtises pour lesquelles vous négligez vos devoirs ! De grosses larmes tombèrent des yeux de Lambert, arrachées*

autant par la conscience de sa supériorité morale offensée que par l'insulte gratuite et la trahison qui nous accablaient. Nous lançâmes à nos accusateurs un regard de reproche : ne nous avaient-ils pas vendus à l'ennemi commun ? s'ils pouvaient, suivant le Droit Écolier, nous battre, ne devaient-ils pas garder le silence sur nos fautes ? Aussi eurent-ils pendant un moment quelque honte de leur lâcheté. Le père Haugoult vendit probablement à un épicier de Vendôme le Traité de la Volonté, *sans connaître l'importance des trésors scientifiques dont les germes avortés se dissipèrent en d'ignorantes mains.*

Le Lys, qui évoque la seconde geôle, la Pension Lepître, met l'accent sur la solitude de l'enfant frustré. Félix, c'est Lambert sans le génie, l'enfant à qui la négligence maternelle donne les apparences de la pauvreté, qui souffre du contraste entre « *son abandon et le bonheur des autres* », maltraité, raillé, « *banni des jeux* », à qui ne s'offre que le recours du « *repli sur soi* ».

Pourtant, Balzac a d'autres possibilités que le repli. En même temps que le sentiment de la frustration, de la séparation et de l'inexistence, s'éveillent les forces toutes puissantes de la compensation. L'enfant négligé décide de forcer l'amour, — l'enfant inaperçu, la gloire. C'est, dans les premières lettres à sa sœur Laure, le double motif obstinément répété :

« *Songe à mon bonheur, si j'illustrais le nom Balzac ! Quel avantage de vaincre l'oubli !* »

« *Rien, rien que l'amour et la gloire ne peut remplir la vaste place qu'offre mon cœur...* »

« *Je n'ai pas d'autre inquiétude que l'envie de m'élever.* » (1819.)

Mots d'adolescent que l'homme mûr répétera :

« *Il y a des vocations auxquelles il faut obéir, et quelque chose d'irrésistible m'entraîne vers la gloire et le pouvoir.* » (A Zulma, juin 1832.)

A Villeparisis, pour oublier l'humeur maternelle, au Collège de Vendôme, à la Pension Lepître, Balzac *compense*. Les lectures dans lesquelles il plonge, le *Traité de la Volonté* qu'il écrit, ne sont ni une évasion, ni même l'expression d'une vocation littéraire irrésistible, mais plutôt le premier essai de forces tendues vers le projet confusément grandiose d'une connaissance et d'un pouvoir total. Telles sont aussi les lectures de Lambert, dont il espère la clef de l'univers et qui lui permettront de dédier à Pauline le monument de son génie :

... Dès ce temps, la lecture était devenue chez Louis une espèce de faim que rien ne pouvait assouvir, il dévorait des livres de tout genre, et se repaissait indistinctement d'œuvres religieuses, d'histoire, de philosophie et de physique. Il m'a dit avoir éprouvé d'incroyables délices en lisant des dictionnaires, à défaut d'autres ouvrages, et je l'ai cru volontiers. Quel écolier n'a maintes fois trouvé du plaisir à chercher le sens probable d'un substantif inconnu ? L'analyse d'un mot, sa physionomie, son histoire étaient pour Lambert l'occasion d'une longue rêverie. Mais ce n'était pas la rêverie instinctive par laquelle un enfant s'habitue aux phénomènes de la vie, s'enhardit aux perceptions ou morales ou physiques ; culture involontaire, qui plus tard porte ses fruits et dans l'entendement et dans le caractère ; non, Louis embrassait les faits, il les expliquait après en avoir recherché tout à la fois le principe et la fin avec une perspicacité de sauvage. Aussi, par un de ces jeux effrayants auxquels se plaît parfois la Nature, et qui prouvait l'anomalie de son existence, pouvait-il dès l'âge de quatorze ans émettre facilement des idées dont la profondeur ne m'a été révélée que longtemps après.

Mais nulle part le jeune Balzac ne revit plus complètement que dans la confession du Raphaël de *La Peau de Chagrin*. Souffrance enfantine, ambitions adolescentes, espoir et doute, héroïsme de l'étudiant pauvre, joies de l'intelligence, tout se retrouve dans les pages célèbres :

... Je voulus me venger de la société, je voulus posséder l'âme de toutes les femmes en me soumettant toutes les intelligences, et voir tous les regards fixés sur moi quand mon nom serait prononcé par un valet à la porte d'un salon. Je m'instituai grand homme. Dès mon enfance, je m'étais frappé le front en me disant comme André Chénier : « Il y a quelque chose là ! » Je croyais sentir en moi une pensée à exprimer, un système à établir, une science à expliquer. O mon cher Émile ! Aujourd'hui que j'ai vingt-six ans à peine, que je suis sûr de mourir inconnu, sans avoir jamais

été l'amant de la femme que je rêvais de posséder, laisse-moi te conter mes folies ! N'avons-nous pas tous, plus ou moins, pris nos désirs pour des réalités ? Ah ! je ne voudrais point pour ami d'un jeune homme qui dans ses rêves ne se serait pas tressé des couronnes, construit quelque piédestal ou donné de complaisantes maîtresses. Moi, j'ai souvent été général, empereur ; j'ai été Byron, puis rien. Après avoir joué sur le faîte des choses humaines, je m'apercevais que toutes les montagnes, toutes les difficultés restaient à gravir. Cet immense amour-propre qui bouillonnait en moi, cette croyance sublime à une destinée, et qui devient du génie peut-être, quand un homme ne se laisse pas déchiqueter l'âme par le contact des affaires aussi facilement qu'un mouton abandonne sa laine aux épines des halliers où il passe, tout cela me sauva.

... Sans cesse arrêtée dans ses expansions, mon âme s'était repliée sur elle-même. Plein de franchise et de naturel, je devais paraître froid, dissimulé ; le despotisme de mon père m'avait ôté toute confiance en moi ; j'étais timide et gauche, je ne croyais pas que ma voix pût exercer le moindre empire, je me déplaisais, je me trouvais laid, j'avais honte de mon regard. Malgré la voix intérieure qui doit soutenir les hommes de talent dans leurs luttes, et qui me criait : Courage ! marche ! malgré les révélations soudaines de ma puissance dans la solitude, malgré l'espoir dont j'étais animé en comparant les ouvrages nouveaux admirés du public à ceux qui voltigeaient dans ma pensée, je doutais de moi comme un enfant. J'étais la proie d'une excessive ambition, je me croyais destiné à de grandes choses et je me sentais dans le néant. J'avais besoin des hommes, et je me trouvais sans amis. Je devais me frayer une route dans le monde, et j'y restais seul, moins craintif que honteux. Pendant l'année où je fus jeté par mon père dans le tourbillon de la grande société, j'y vins avec un cœur neuf, avec une âme fraîche. Comme tous les grands enfants, j'aspirais secrètement à de belles amours. Je rencontrai parmi les jeunes gens de mon âge, une secte de fanfarons qui allaient tête levée, disant des riens, s'asseyant sans trembler près des femmes qui me semblaient les plus imposantes, débitant des impertinences, mâchant le bout de leur canne, minaudant, se prostituant à eux-mêmes les plus jolies personnes, mettant ou prétendant avoir mis leurs têtes sur tous les oreillers, ayant l'air d'être au refus du plaisir, considérant les plus vertueuses, les plus prudes, comme de prise facile et pouvant être con-

quises à la simple parole, au moindre geste hardi, par le premier regard insolent ! Je te le déclare, en mon âme et conscience, la conquête du pouvoir ou d'une grande renommée littéraire me paraissait un triomphe moins difficile à obtenir qu'un succès auprès d'une femme de haut rang, jeune, spirituelle et gracieuse. Je trouvai donc les troubles de mon cœur, mes sentiments, mes cultes en désaccord avec les maximes de la société. J'avais de la hardiesse, mais dans l'âme seulement, et non dans les manières. J'ai su plus tard que les femmes ne voulaient pas être mendiées ; j'en ai beaucoup vues que j'adorais de loin, auxquelles je livrais un cœur à toute épreuve, une âme à déchirer, une énergie qui ne s'effrayait ni des sacrifices, ni des tortures ; elles appartenaient à des sots de qui je n'aurais pas voulu pour portiers. Combien de fois, muet, immobile, n'ai-je pas admiré la femme de mes rêves surgissant dans un bal ; dévouant alors en pensée mon existence à des caresses éternelles, j'imprimais toutes mes espérances en un regard, et lui offrais dans mon extase un amour de jeune homme qui courait au-devant des tromperies. En certains moments, j'aurais donné ma vie pour une seule nuit. Eh ! bien, n'ayant jamais trouvé d'oreilles où jeter mes propos passionnés, de regards où reposer les miens, de cœur pour mon cœur, j'ai vécu dans tous les tourments d'une impuissante énergie qui se dévorait elle-même, soit faute de hardiesse ou d'occasions, soit inexpérience.

... Rien n'était plus horrible que cette mansarde aux murs jaunes et sales, qui sentait la misère et rappelait son savant. La toiture s'y abaissait régulièrement et les tuiles disjointes laissaient voir le ciel. Il y avait place pour un lit, une table, quelques chaises, et sous l'angle aigu du toit je pouvais loger mon piano. N'étant pas assez riche pour meubler cette cage digne des plombs de Venise, la pauvre femme n'avait jamais pu la louer. Ayant précisément excepté de la vente mobilière que je venais de faire les objets qui m'étaient en quelque sorte personnels, je fus bientôt d'accord avec mon hôtesse, et m'installai le lendemain chez elle. Je vécus dans ce sépulcre aérien pendant près de trois ans, travaillant nuit et jour sans relâche, avec tant de plaisir que l'étude me semblait être le plus beau thème, la plus heureuse solution de la vie humaine. Le calme et le silence nécessaires au savant ont je ne sais quoi de doux, d'enivrant comme l'amour. L'exercice de la pensée, la recherche des

« Rien n'était plus horrible que cette mansarde... » (La peau de chagrin.)

idées, les contemplations tranquilles de la Science nous prodiguent d'ineffables délices, indescriptibles comme tout ce qui participe de l'intelligence dont les phénomènes sont invisibles à nos sens extérieurs. Aussi sommes-nous toujours forcés d'expliquer les mystères de l'esprit par des comparaisons matérielles. Le plaisir de nager dans un lac d'eau pure, au milieu des rochers, des bois et des fleurs, seul et caressé par une brise tiède, donnerait aux ignorants une bien faible image du bonheur que j'éprouvais quand mon âme se baignait dans les lueurs de je ne sais quelle lumière, quand j'écoutais les voix terribles et confuses de l'inspiration, quand d'une source inconnue les images ruisselaient dans mon cerveau palpitant.

Ces vastes lectures, ces pensées inconnues, préparation secrète au grand œuvre, tout personnage dans lequel Balzac se reconnaît les a derrière lui. Comme Louis, comme Raphaël, Félix de Vandenesse pourra dire : « *Enfant par le corps et vieux par la pensée, j'avais tant lu, tant médité que je connaissais métaphysiquement la vie dans ses hauteurs... Chez moi, l'étude était devenue une passion.* » C'est la jeunesse de Marcas, d'Albert Savarus ; c'est la vie de Daniel d'Arthez, au moment où Lucien de Rubempré le rencontre : « *Il procédait au dépouillement de toutes les richesses philosophiques des temps anciens pour se les assimiler. Il voulait, comme Molière, être un profond philosophe avant de faire des comédies. Il étudiait le monde écrit et le monde vivant, la pensée et le fait.* » C'est le Balzac

Nota. J'ai l'intention de changer
en totalité ce Monologue
il est trop long, et ne correspond
pas à la froideur du caractère du roi

Scène 1ère.

Le Roi Seul

Heureux, cent fois heureux, s'il connait son bonheur
Celui qui loin des cours, a su fuir la grandeur !
S'il n'a pas, au berceau, le poids d'une couronne
(que le sort nous ravit, pour montrer qu'il la donne
il ne vit pas d'erreurs ! il n'eut pas à signer,
le Supplice de ceux, que j'ai dû condamner,
et s'il entasse en paix son modeste héritage,
De toute ma tempête, il n'a que le nuage !...
Vous tous qui gouvernez, méditez sur mes fers,
Ce que vient d'y graver le Roi de l'univers :
« il ne vous suffit pas de ceindre un diadème,
« pour avoir la Science et régner par vous même,
« dans l'histoire des temps, apprenez les leçons,
« que ma puissante main adresse aux nations,
« en son ordre immuable, imitez la nature,
« de votre cœur en tout, écoutez le murmure ;
« j'ai fait la Conscience, un tribunal aux Rois,
« et tout l'honneur des cours n'étouffe pas sa voix
« elle vous dit assez, que la Sainte justice,
« ne doit pas, en aveugle, obéir au caprice,
« qu'elle ne vous rend pas Majestueux et grands,
« pour être des sujets, des éternels tyrans.
« observez avec soin, leurs mœurs, leur caractère ;

des années 1820, que Félix Davin, sous sa dictée, évoquera en ces termes :

« Mieux informé que ne l'ont été certains critiques empressés d'attaquer M. de Balzac par le côté biographique, et qui l'ont peint fort inexactement, nous avons eu des renseignements sur la partie la plus studieuse et la plus inconnue de sa vie, sur son moment le plus poétique. Ce fut aux jours d'une misère infligée par la volonté paternelle, alors opposée à la vocation du poète, et qui nous ont valu le beau récit de Raphaël dans *La Peau de Chagrin*. Ce fut pendant les années 1818, 1819 et 1820 que M. de Balzac réfugié dans un grenier près de la bibliothèque de l'Arsenal, travailla sans relâche à comparer, analyser, résumer les œuvres que les philosophes et les médecins de l'Antiquité, du Moyen âge et des deux siècles précédents, avaient laissées sur le cerveau de l'homme. Cette pente de son esprit est une prédilection... Quoique mystérieusement enfermées, ces occupations primitives et la pente entraînante d'un esprit métaphysique dominèrent les œuvres auxquelles s'adonna M. de Balzac par nécessité. »

En même temps que par des essais littéraires : *Cromwell*, les premiers romans pseudonymes, qui ne sont pas seulement des gagne-pain, mais sont parfois aussi, comme il le dira à Champfleury, des « *apprentissages* », *Stenie* et *Falthurne*, qui annoncent *Louis Lambert* et *Séraphita*, — Balzac prélude en effet à *La Comédie humaine* par des études et des méditations dont il espère comme une connaissance anticipée et exhaustive de l'univers. Mais ce sont aussi les années où, à l'expérience de la métaphysique, semble s'opposer l'expérience de l'observateur et du flâneur des rues de Paris. Cependant, ce que recherche l'observateur n'est-il pas encore du même ordre ? Il s'agit toujours, avant même d'accepter les expériences successives d'une vie directement assumée, de la posséder dans son ensemble comme un spectacle. L'admirable début de *Facino Cane* (l'un des textes les plus confidentiels de l'œuvre, où l'auteur, qui parle à la première personne, donne même son adresse exacte, rue Lesdiguières) évoque cette unité de l'étude et de l'observation, cet effort pour parvenir avant l'œuvre, et comme en dehors de la vie, à une connaissance définitive qu'il ne resterait plus qu'à développer en incarnations

43

omwell *(Manuscrit de 1820).*

successives. C'est Louis Lambert devenant romancier, Balzac percevant soudain l'application de ses pensées à la matière humaine :

Je demeurais alors dans une petite rue que vous ne connaissez sans doute pas, la rue de Lesdiguières : elle commence à la rue Saint-Antoine, en face d'une fontaine près de la place de la Bastille et débouche dans la rue de la Cerisaie. L'amour de la science m'avait jeté dans une mansarde où je travaillais pendant la nuit, et je passais le jour dans une bibliothèque voisine, celle de Monsieur. *Je vivais frugalement, j'avais accepté toutes les conditions de la vie monastique, si nécessaire aux travailleurs. Quand il faisait beau, à peine me promenais-je sur le boulevard Bourdon. Une seule passion m'entraînait en dehors de mes habitudes studieuses ; mais n'était-ce pas encore de l'étude ? j'allais observer les mœurs du faubourg, ses habitants et leurs caractères. Aussi mal vêtu que les ouvriers, indifférent au décorum, je ne les mettais point en garde contre moi ; je pouvais me mêler à leurs groupes, les voir concluant leurs marchés, et se disputant à l'heure où ils quittent le travail. Chez moi l'observation était déjà devenue intuitive, elle pénétrait l'âme sans négliger le corps ; ou plutôt elle saisissait si bien les détails extérieurs, qu'elle allait sur-le-champ au delà ; elle me donnait la faculté de vivre de la vie de l'individu sur laquelle elle s'exerçait, en me permettant de me substituer à lui comme le derviche des* Mille et une Nuits *prenait le corps et l'âme des personnes sur lesquelles il prononçait certaines paroles.*

Lorsque, entre onze heures et minuit, je rencontrais un ouvrier et sa femme revenant ensemble de l'Ambigu-Comique, je m'amusais à les suivre depuis le Boulevard-du-Pont-aux-Choux jusqu'au Boulevard Beaumarchais. Ces braves gens parlaient d'abord de la pièce qu'ils avaient vue ; de fil en aiguille ils arrivaient à leurs affaires ; la mère tirait son enfant par la main, sans écouter ni ses plaintes ni ses demandes ; les deux époux comptaient l'argent qui leur serait payé le lendemain, ils le dépensaient de vingt manières différentes. C'était alors des détails de ménage, des doléances sur le prix excessif des pommes de terre, ou sur la longueur de l'hiver et le renchérissement des mottes, des représentations énergiques sur ce qui était dû au boulanger ; enfin des discussions qui s'envenimaient, et où chacun d'eux déployait son caractère en mots pittoresques. En entendant ces gens, je pouvais épouser leur vie, je me sentais leurs guenilles sur le dos, je marchais les pieds dans leurs souliers percés ; leurs désirs, leurs besoins, tout passait dans mon âme, ou mon âme passait dans la leur. C'était le rêve d'un homme éveillé. Je m'échauffais avec eux contre les chefs d'atelier qui les tyrannisaient, ou contre les mauvaises pratiques qui les faisaient revenir plusieurs fois sans les payer. Quitter ses habitudes, devenir un autre que soi par l'ivresse des facultés morales, et jouer ce jeu à volonté, telle était ma distraction. A quoi dois-je ce don ? Est-ce une seconde vue ? Est-ce une de ces qualités dont l'abus mènerait à la folie ? Je n'ai jamais recherché les causes de cette puissance ; je la possède et m'en sers, voilà tout. Sachez seulement que, dès ce temps, j'avais décomposé les éléments de cette masse hétérogène nommée peuple, que je l'avais analysée de manière à pouvoir évaluer ses qualités bonnes ou mauvaises. Je savais déjà de quelle utilité pourrait être ce faubourg, ce séminaire de révolutions qui renferme des héros, des inventeurs, des savants pratiques, des coquins, des scélérats, des vertus et des vices, tous comprimés par la misère, étouffés par la nécessité, noyés dans le vin, usés par les liqueurs fortes. Vous ne sauriez imaginer combien de drames oubliés dans cette ville de douleur ! Combien d'horribles et belles choses ! L'imagination n'atteindra jamais au vrai qui s'y cache et que personne ne peut aller découvrir ; il faut descendre trop bas pour trouver ces admirables scènes ou tragiques ou comiques, chefs-d'œuvre enfantés par le hasard...

Il n'est pas un seul chapitre de *La Comédie Humaine* qui ne donne à Balzac l'occasion de revivre son émotion de jeune provincial timide et ambitieux, débarquant de sa Touraine dans cette capitale à laquelle il a prêté tant de fantasmagorique grandeur. Il est Rastignac, il est Lucien éprouvant d'abord dans la foule « *une immense diminution de lui-même* », puis se ressaisissant et avançant, « *léger de bonheur* », vers les Tuileries ; il est chacun de ceux qui se promènent dans la grande allée du Luxembourg « *cet immense champ labouré par tant de jeunes ambitions* » (Les Petits Bourgeois). Mais la cristallisation du souvenir n'est nulle part plus manifeste que dans les pages que nous venons de citer. On ne saurait s'y tromper : c'est l'accent d'une intimité pure de toute transposition. Comme le narrateur de *Facino Cane*, Raphaël et Félix parlent à la première personne ; le ton s'élève, les phrases déferlent en vagues à la fois plus serrées et plus amples, le tissu est plus soutenu, sans blanc, sans pause, sans cette sorte d'aération que l'imagination impose lorsqu'elle se substitue au souvenir.

Seules les années d'enfance et d'étude lui dictent de tels passages. Ses autres souvenirs de jeunesse, il les disperse, les transpose, les rattache à des personnages épisodiques. L'étude qu'il décrit au début du *Colonel Chabert*, « *une des plus hideuses monstruosités parisiennes — la plus horrible de toutes les boutiques sociales* », est bien celle où il a vécu et découvert ces terribles dessous de la lutte sociale qui ne cesseront plus de le hanter. A supposer même que le corps à corps de Chabert avec les cadavres du charnier ne soit pas l'une des figures de l'effort balzacien vers l'amour et la gloire, ces pages suffiraient à arracher le récit à l'impersonnalité que certains commentateurs ont cru voir. Il se souviendra aussi, tout le long de *La Comédie Humaine*, des funestes expériences d'édition et d'imprimerie qui marquent les années 1825 et 1827, et qui feront de l'argent, de la faillite, du Doit et de l'Avoir, des symboles privilégiés de son tragique.

« Je suis le colonel Chabert... mort à Eylau. »

Balzac porté à la gloire par les femmes de trente ans.

L'AMOUR, L'ARGENT, LA GLOIRE

Rien, rien que l'amour et la gloire...

La confidence balzacienne n'est tout à fait pure que lorsqu'elle correspond à un certain domaine du souvenir — celui dont les pages de *Louis Lambert*, de *Facino Cane*, de *La Peau de Chagrin* et du *Lys dans la vallée* suffisent à donner le ton. Domaine qui est celui de l'attente, de la préparation à la vie. Dès que l'anticipation devient expérience, dès que l'expérience s'incarne dans des êtres et des événements particuliers, la parole n'est plus au souvenir seul. Son enfance, sa jeunesse d'étudiant pauvre ne concernent que lui. Mais, sitôt que l'amour intervient, il met en cause un autre être, et c'est alors que surgissent ces exigences de transposition que mentionne la préface du *Lys*. Pudeur, respect de l'autre ? Sans doute. Mais, plus profondément, la transposition signifie que les expériences de la vie sont perpétuellement recréées. Si la jeunesse est morte, la vie continue. Balzac est toujours un amant, s'il a cessé d'être pour toujours l'adolescent en attente de l'amour. Quand il se tourne vers le souvenir de Mme de Berny, il n'est pas libre devant lui comme il l'est devant l'image de son enfance studieuse : l'amour de Mme de Berny est remis en question par celui de Mme Hanska. Rien n'est jamais fini pour cette part de l'homme qui continue de vivre : elle n'est pas un simple objet de vision rétrospective. Henriette de Mortsauf ne peut pas être Laure au sens où le Félix des premières pages est Balzac. Comme Félix revit son amour devant Nathalie de Manerville, Balzac revit le sien devant Mme Hanska.

Certes, c'est avec le souvenir de son amour que Balzac a écrit ce livre, comme tant d'autres pages de *La Comédie Humaine* où la *Dilecta* se retrouve dans la beauté poignante de la femme vieillissante et dans l'harmonie de ces paysages de Touraine — terre et eau — où ils furent heureux. Il suffit de lire les lettres à Laure de Berny pour voir que Balzac en a retrouvé dans *Le Lys* le romantisme adolescent. Ce langage des fleurs que parle Félix à Henriette — et que domine la « *flouve odorante* » — nul doute que Balzac ne le tienne de Laure, à qui il écrivait : « *Les fleurs qui sont devant moi, toutes desséchées qu'elles soient, conservent une odeur enivrante* ». Et la sensualité que Laure a éveillée (« *La première fois que je vous vis, mes sens furent émus* »), est celle de Félix découvrant les épaules nues d'Henriette.

... Il était impossible de sortir, je me réfugiai dans un coin, au bout d'une banquette abandonnée, où je restai les yeux fixes, immobile et boudeur. Trompée par ma chétive apparence, une femme me prit pour un enfant prêt à s'endormir en attendant le bon plaisir de sa mère, et se posa près de moi par un mouvement d'oiseau qui s'abat sur son nid. Aussitôt je sentis un parfum de femme qui brilla dans mon âme comme y brilla depuis la poésie orientale. Je regardai ma voisine, et fus plus ébloui par elle que je ne l'avais été par la fête. Si vous avez bien compris ma vie antérieure, vous devinez les sentiments qui sourdirent en mon cœur. Mes yeux furent tout à coup frappés par de blanches épaules rebondies sur lesquelles j'aurais voulu pouvoir me rouler, des épaules légèrement rosées qui semblaient rougir comme si elles se trouvaient nues pour la première fois, de pudiques épaules qui avaient une âme, et dont la peau satinée éclatait à la lumière comme un tissu de soie. Ces épaules étaient partagées par une raie, le long de laquelle coula mon regard, plus hardi que ma main. Je me haussai tout palpitant pour voir le corsage et fus complètement fasciné par une gorge chastement couverte d'une gaze, mais dont les globes azurés et d'une rondeur parfaite, étaient douillettement couchés dans des flots de dentelle. Les plus légers détails de cette tête furent des amorces qui réveillèrent en moi des jouissances infinies ; le brillant des cheveux lissés au-dessus d'un cou velouté comme celui d'une petite fille, les lignes blanches que le peigne y avaient dessinées et où mon imagination courut comme en de frais sentiers, tout me fit perdre l'esprit. Après m'être

« De pudiques épaules qui avaier une âme... » (Le lys dans la vallée

assuré que personne ne me voyait, je me plongeai dans ce dos comme un enfant qui se jette dans le sein de sa mère, et je baisai toutes ces épaules en y roulant ma tête. Cette femme poussa un cri perçant, que la musique empêcha d'entendre ; elle se retourna, me vit et me dit : « — Monsieur ? » Ah ! si elle avait dit : « — Mon petit bonhomme, qu'est-ce qui vous prend donc ? » je l'aurais tuée peut-être ; mais à ce monsieur ! des larmes chaudes jaillirent de mes yeux. Je fus pétrifié par un regard animé d'une sainte colère, par une tête sublime couronnée d'un diadème de cheveux cendrés, en harmonie avec ce dos d'amour. Le pourpre de la pudeur offensée étincela sur son visage, que désarmait déjà le pardon de la femme qui comprend une frénésie quand elle en est le principe, et devine des adorations infinies dans les larmes du repentir.

Elle s'en alla par un mouvement de reine. Je sentis alors le ridicule de ma position; alors seulement je compris que j'étais fagotté comme le singe d'un Savoyard. J'eus honte de moi. Je restai tout hébété, savourant la pomme que je venais de voler, gardant sur les lèvres la chaleur de ce sang que j'avais aspiré, ne me repentant de rien, et suivant du regard cette femme descendue des cieux. Saisi par le premier aspect charnel de cette grande fièvre du cœur, j'errai dans le bal devenu désert, sans pouvoir y retrouver mon inconnue. Je revins me coucher métamorphosé.

Mais Henriette n'est pas Laure, ne serait-ce que parce qu'elle ne se donne pas à Félix. Est-ce piété envers la Dilecta, ou crainte de recevoir d'Ève la réponse de Nathalie à Félix : « *Nulle femme, sachez-le bien, ne voudra coudoyer dans votre cœur la morte que vous y gardez.* » ? Balzac,

Madame de Berny.   La duchesse d'Abrantès.

il est vrai, souhaite que Mme Hanska découvre dans Henriette le double de Séraphita *(« Ce sera sous une forme purement humaine, la perfection terrestre comme Séraphita sera la perfection céleste »)*. Mais l'idéalisation de Laure est bien autre chose encore que pudeur et précaution : elle signifie que l'amour, au moment où Balzac se souvient, demeure un projet vivant qu'il n'a pas fini d'atteindre. Sur Henriette, il projette un rêve de pureté que Mme Hanska relance, et qui la traverse. Et encore, incarnant en Henriette cette pureté inconnue et en Lady Dudley une sensualité qu'il n'a fait qu'entrevoir, il avoue son désir de la femme qui sera l'une et l'autre, et il forme ce rêve *devant* Mme Hanska. Rappelons-nous le mot admirable d'*Un Prince de la Bohème : « L'espoir est une mémoire qui désire. »* Ici, la grande force qui transfigure le souvenir, c'est l'espoir.

Madame de Castries.

Madame Hanska.

La duchesse de Langeais.

La Duchesse de Langeais offre l'exemple d'une transposition inverse. La duchesse s'éprend de Montriveau qui finalement la repousse, alors que Mme de Castries n'a jamais aimé Balzac. Ici, l'imagination obtient ce que la vie n'a pas obtenu ; elle la compense et la venge. Et sans doute la crainte que Mme Hanska reconnaisse Mme de Castries en la duchesse n'est-elle pas étrangère à une telle transposition : Balzac demande d'abord à Ève de ne pas lire le récit... Mais il obéit surtout à la nécessité profonde de transformer le passé selon les mouvements du présent.

Et puis, Henriette de Mortsauf et Antoinette de Langeais sont des *personnages,* ce que ne sont tout à fait ni Félix, ni Raphaël, ni Lambert. Nous *voyons* d'autant mieux les créatures balzaciennes qu'elles sont plus distinctes de leur créateur. Félix et Raphaël, à l'instant de leur confidence, sont une voix, une présence, une animation intérieure, ce que Balzac fut pour lui-même et demeure pour nous. Les autres sont des voix, mais aussi des visages, qui dégagent leurs formes individuelles du plasma où les premiers sont confondus. Ne négligeons pas dans de telles transpositions l'instinct du génie créateur que déclenche la possibilité d'un personnage, l'impulsion du sculpteur dont le ciseau s'acharne à faire surgir de l'être réel autre chose que ce qu'il fut...

Ainsi, le souvenir est d'autant plus fidèle à la réalité que celle-ci est moins concernée par la vie qui poursuit sa marche. Au moment où Balzac commence *La Comédie Humaine,* il n'a derrière lui que l'enfant et l'adolescent sans expérience qu'il fut. Tout le reste est en lui encore, devant lui : les amours passées subiront la transformation des amours nouvelles. Notons que les romans les plus nettement autobiographiques, les plus fidèles à la vérité du souvenir sont parmi les premiers qu'il ait écrits : *La Peau de Chagrin* et *L'Enfant maudit* sont de 1831, *Louis Lambert* et *La Femme abandonnée* de 1832, *La Grenadière* et *La Duchesse de Langeais,* de 1833, *Le Lys* est de 1835, *Facino Cane* de 1836, *La Femme de trente ans* a été commencé en 1828. Après 1836, l'œuvre n'a plus guère avec la vie de rapport rétrospectif. Il semble que Balzac ait voulu dire au début de son œuvre tout ce qu'il avait à dire de la vie qui l'avait précédée, qu'il ait voulu se débarrasser une fois pour toutes du Je et de l'expérience vécue, comme si l'œuvre, ensuite, devait se nourrir d'autre chose, d'une imagination et d'une observation soustraites aux vicissitudes et aux partialités du vécu. Hâtivement, et comme par anticipation, Balzac se donne, avant d'écrire, une expérience de la vie et une philosophie de l'univers : il tente d'arrêter avant l'œuvre le temps de la vie. Et sans doute est-ce une même impulsion qui le pousse, en commençant à écrire, à situer son œuvre dans un temps antérieur à celui où il écrit — à composer d'abord les romans de la Révolution, de la fin de l'Empire et des premières années de la Restauration. Comme si, là encore, il avait souhaité arrêter le temps de l'Histoire avant de l'écrire — parce que l'on ne possède bien que ce qui est parvenu à son terme, ce qui est figé dans l'unité d'un système définitif. Dix ans pour arracher son secret à la vie et au monde, dans la mansarde de la rue Lesdiguières — puis toute une vie consacrée à dire ce secret... Mais l'Histoire continue et le rattrape : jusqu'à ce que l'époque où il écrit coïncide presque avec celle dont il écrit (*Le Cousin Pons* et *La Cousine Bette* se passent vers 1846 [1]). Mais sa propre vie continue, remet en question les expériences déjà faites, les transfigure et maintient, simplement en poursuivant sa route, cette relation de l'œuvre et de l'existence, ce cordon ombilical que Balzac avait voulu et cru trancher, peut-être, en consacrant quelques-uns de ses premiers récits à l'évocation du passé.

Tout au long de son prodigieux itinéraire, si objective ou si étrangère à la vie qu'elle puisse paraître, l'œuvre balzacienne accompagne fidèlement l'existence, en recueille les échos assourdis ou amplifiés, toujours transposés. Les deux courbes ne s'écartent parfois que pour bientôt se rejoindre.

La préface aux *Études de Mœurs*, signée par Félix Davin en 1835, suggère un curieux parallélisme entre la division de *La Comédie Humaine* en *Scènes de la Vie Privée*, *Scènes de la Vie de Province* et *Scènes de la Vie*

---

1. Dès 1839, préfaçant *Une Fille d'Ève*, Balzac avoue ce malaise : il ne peut arrêter son sujet, « *un présent qui marche* ». - « *L'auteur a devant lui, pour modèle, le XIXe siècle, modèle extrêmement remuant et difficile à faire tenir en place. L'auteur attend* 1840 *pour vous faire finir des aventures dont le dénouement a besoin de trois années de vieillesse.* »

Parisienne, et les différents âges de la vie. Comme si les *Scènes de la Vie Privée* correspondaient à la jeunesse, les *Scènes de la Vie de Province* à la maturité, les *Scènes de la Vie Parisienne* au vieillissement (« *L'existence... y arrive graduellement à l'âge qui touche à la décrépitude.* »). Parallélisme sans fondement en soi, bien entendu, et sans fondement dans l'œuvre, et qui contredit même la volonté explicite affirmée par l'*Avant-Propos* d'édifier un système intemporel bâti à la lueur de « *vérités éternelles* ». Mais sans doute exprime-t-il, comme involontairement, le rapport entre le développement de l'œuvre et la durée balzacienne ; sans doute signifie-t-il que Balzac vit et vieillit en écrivant son œuvre, et qu'il n'a pas su arrêter le temps. Si les héros de la vie parisienne sont souvent plus jeunes que ceux de la vie privée, c'est le Balzac vieillissant qui écrit à Paris, lieu de son vieillissement, les *Scènes de la Vie Parisienne*.

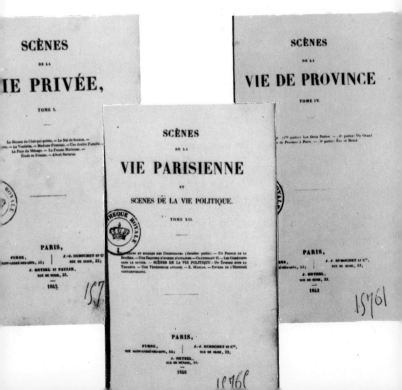

L'argent et l'amour : il est aisé de suivre, dans leur développement parallèle, les deux données fondamentales de l'œuvre et de la vie. Le pessimisme balzacien n'a cessé de s'accentuer ; s'il est déjà tout entier dans *La Peau de Chagrin* et *Le Colonel Chabert*, les conflits d'intérêt, les rivalités et les spoliations tiennent dans l'œuvre une place toujours grandissante. Il y a une poésie, faite d'exaltation et d'apaisement, qui, vivante dans les premiers ouvrages, tend ensuite à disparaître. Au lyrisme du *Lys dans la vallée* répond, dix ans plus tard, la sécheresse désabusée de *La Rabouilleuse* et des *Parents Pauvres*. Mais cette vision de la société-jungle où le fort, éternellement, dépouille le faible, où la passion de l'argent justifie tous les crimes, n'est nullement le résultat d'une enquête objective. A mesure qu'il avance dans ces années dont il espère toujours la sécurité — ou la splendeur — matérielle, Balzac est de plus en plus hanté par l'argent qui le fuit. On a établi [1] que jusqu'en 1834 le déficit balzacien n'eut rien d'irréparable. Ce n'est qu'ensuite qu'il monte vertigineusement, atteignant en 1839 le sommet de 233.620 fr., baissant légèrement ensuite, pour remonter en 1847 à 217.248 fr. ; 1837, 1839, 1847 : les trois pointes de la dette. Or, *César Birotteau*, roman de la faillite et premier grand roman de la spoliation, est de 1837. Des mêmes années date *La Maison Nucingen* qui oppose au « *martyr de la probité commerciale* » « *le loup-cervier* » qui « *se met au-dessus des lois de la probité* » : en Nucingen, Balzac compense le Birotteau qu'il craint d'être. Désormais, le drame social de l'argent domine *La Comédie Humaine* : les années où Balzac se débat le plus durement contre ses créanciers et contre ses dettes, où il lutte « *comme un homme qui se noie et qui a peur de trouver la dernière gorgée* » (à Zulma Carraud) sont aussi les années où la ruine accable David Séchard, les Bridau, la famille Hulot, où Pons meurt seul et misérable, comme son créateur a redouté de mourir.

La vie amoureuse de Balzac ne se reflète pas moins dans les œuvres les plus apparemment objectives. Si les premiers romans se souviennent de Laure, si l'aventure avec la marquise de Castries inspire *La Duchesse de Langeais* et la confession du *Médecin de Campagne*, si

1. MM. René Bouvier et Édouard Maynial.

l'on retrouve ici ou là l'incidence d'amours épisodiques (on a reconnu certains traits de la comtesse Visconti en Lady Dudley), de 1832 jusqu'à la fin, c'est Ève Hanska qui occupe la scène. C'est devant elle que Balzac est amené aux transpositions du *Lys* et de *La Duchesse de Langeais*. C'est par elle qu'il connaîtra tout ce qu'il versera désormais dans son œuvre : le rêve exaspéré de l'amour absolu, l'éveil furieux de la sensualité, le sentiment de l'usure des forces créatrices que consume le désir insatisfait.

« *L'espoir est une mémoire qui désire.* » C'est d'abord cet espoir que ranime au fond de son passé la rencontre de l'Étrangère. Il a toujours cherché l'amour fou, la femme à la fois ange et courtisane, maternelle et soumise, dominatrice et dominée : Henriette et Arabelle, la Tinti et Massimilla, Coralie et Félicité des Touches, — la femme à la fois grande dame et complice : duchesse de Langeais et Pauline de Villenoix. A Laure, il a fait hommage de ce rêve : elle ne l'a pas comblé. Le voici intact, impérieux, dans la première lettre à Ève :

Si vous saviez avec quelles forces une âme solitaire et dont personne ne veut s'élance vers une affection vraie ! Je vous aime, inconnue, et cette bizarre chose n'est que l'effet naturel d'une vie toujours vide et malheureuse... Je suis comme un prisonnier qui, du fond de son cachot, entend au loin une délicieuse voix de femme... Je vous aime déjà trop sans vous avoir vue. Il y a certaines phrases de vos lettres qui m'ont fait battre le cœur, et si vous saviez avec quelle ardeur je m'élance vers ce que j'ai si longtemps désiré, de quel dévouement je me sens capable ! Quel bonheur ce serait pour moi de subordonner ma vie à un seul jour ! Tout ce que la femme rêve de plus délicat et de plus romanesque trouve en mon cœur, non pas un écho, mais une simultanéité incroyable de pensée. Pardonnez-moi l'orgueil de la misère et la naïveté de la souffrance.

Pour la séduire, l'appeler, pour forcer le destin, il va désormais multiplier les allusions au mythe de l'amour absolu. Après la rencontre de Neuchâtel, il écrit dans *Ferragus* :

Les âmes féminines assez puissantes pour mettre l'infini dans l'amour, constituent d'angéliques exceptions, et sont parmi les femmes ce que sont les beaux génies parmi les hommes. Les grandes passions sont rares comme les chefs-d'œuvre...

« Enfin la débauche est sans doute au corps ce que sont à l'âme les plaisirs mystiques. » (La peau de chagrin.)

La fascination de la courtisane, la tentation d'un amour qui ne soit que celui de la chair, il l'a toujours connue. Il a plongé dans cet infini de la débauche dont se souviennent le Raphaël de *La Peau de Chagrin*, et, plus tard, le Godefroid de *L'Envers de l'Histoire Contemporaine* :

D'immenses obstacles environnent les grands plaisirs de l'homme, non ses jouissances de détail, mais les systèmes qui érigent en habitude ses sensations les plus rares, les résument, les lui fertilisent en lui créant une vie dramatique dans sa vie, en nécessitant une exorbitante, une prompte dissipation de ses forces. La Guerre, le Pouvoir, les Arts sont des corruptions mises aussi loin de la portée humaine, aussi profondes que l'est la débauche, et toutes sont de difficile accès. Mais quand une fois l'homme est monté à l'assaut de ces grands mystères, ne marche-t-il pas dans un monde nouveau ? Les généraux, les ministres, les artistes sont tous plus ou moins portés vers la dissolution par le besoin d'opposer de violentes distractions à leur existence si fort en dehors de la vie commune. Après tout, la guerre est la débauche du sang, comme la politique est celle des intérêts. Tous les excès sont frères. Ces monstruosités sociales possèdent la puissance des abîmes, elles nous attirent comme Sainte-Hélène appelait Napoléon ; elles donnent des vertiges, elles fascinent et nous voulons en voir le fond sans savoir pourquoi. La pensée de l'infini existe peut-être dans ces précipices...

... Réalisant ces fabuleux personnages qui, selon les légendes, ont vendu leur âme au diable pour en obtenir la puissance de mal faire, le dissipateur a troqué sa mort contre toutes les jouissances de la vie, mais abondantes, mais fécondes ! Au lieu de couler longtemps entre deux rives monotones, au fond d'un Comptoir ou d'une Étude, l'existence bouillonne et fuit comme un torrent. Enfin la débauche est sans doute au corps ce que sont à l'âme les plaisirs mystiques. L'ivresse vous plonge en des rêves dont les fantasmagories sont aussi curieuses que peuvent l'être celles de l'extase...

... Pendant ces heures avinées, les hommes et les choses comparaissent devant vous, vêtus de vos livrées. Roi de la création, vous la transformez à vos souhaits... (La Peau de Chagrin.)

C'est Lucien devant Coralie (« N'est-ce pas après tout la poésie des sens ? »), Nucingen devant Esther, de Marsay devant Paquita :

« Quelle que fut la puissance de ce jeune homme et son insouciance en fait de plaisirs, malgré sa satiété de la veille, il trouva dans la Fille aux yeux d'or ce sérail que sait créer la femme aimante et à laquelle un homme ne renonce jamais. Paquita répondait à cette passion que sentent tous les hommes vraiment grands pour l'infini, passion mystérieuse si dramatiquement exprimée dans Faust, si poétiquement traduite dans Manfred, et qui poussait Don Juan à fouiller le cœur des femmes, en espérant y trouver cette pensée sans bornes, à la recherche de laquelle se mettent tant de chasseurs de spectres, que les savants croient entrevoir dans la Science, et que les mystiques trouvent en Dieu seul. L'espérance d'avoir enfin l'Être idéal avec lequel la lutte pouvait être constante sans fatigue, ravit de Marsay qui, pour la première fois, depuis longtemps, ouvrit son cœur. »

Rêve où se confondent sans doute bien des postulations contraires... Le désir de la femme entièrement soumise,

« J'aime à froisser sous mon désir
de pimpantes toilettes... » (La peau de chagrin.)

que l'on n'a pas besoin de conquérir — aveu de sa propre
féminité ; mais aussi celui d'une possession absolue,
expression de sa part la plus impérieuse. Et il y a aussi
la région où la douce Esther rejoint la dédaigneuse Arabelle,
où Coralie se confond avec Antoinette de Langeais,
Paquita avec Fœdora. La courtisane, comme chez
Baudelaire, est ici un être fantastique, une apparition
séparée de la vie par sa parure et son inutilité — telle
la grande dame :

> ... Puis, je l'avoue à ma honte, je ne conçois pas l'amour
> dans la misère. Peut-être est-ce en moi une dépravation
> due à cette maladie humaine que nous nommons la civili-
> sation ; mais une femme, fût-elle attrayante autant que la
> belle Hélène, la Galatée d'Homère, n'a plus aucun pouvoir
> sur mes sens pour peu qu'elle soit crottée. Ah ! vive l'amour
> dans la soie, sur le cachemire, entouré des merveilles du luxe
> qui le parent merveilleusement bien, parce que lui-même
> est un luxe peut-être. J'aime à froisser sous mes désirs de

pimpantes toilettes, à briser des fleurs, à porter des mains dévastatrices dans les élégants édifices d'une coiffure embaumée. Des yeux brûlants, cachés par un voile de dentelle que les regards percent comme la flamme déchire la fumée du canon, m'offrent de fantastiques attraits. Mon amour veut des échelles de soie escaladées en silence, par une nuit d'hiver. Quel plaisir d'arriver couvert de neige dans une chambre éclairée par des parfums, tapissée de soies peintes et d'y trouver une femme qui, elle aussi, secoue de la neige, car quel autre nom donner à ces voiles de voluptueuses mousselines à travers lesquels elle se dessine vaguement comme un ange dans son nuage, et d'où elle va sortir ? Puis il me faut encore un craintif bonheur, une audacieuse sécurité. Enfin je veux revoir cette mystérieuse femme, mais éclatante, mais au milieu du monde, mais vertueuse, environnée d'hommages, vêtue de dentelles et de diamants, donnant ses ordres à la ville, et si haut placée, et si imposante que nul n'ose lui adresser des vœux. Au milieu de sa cour, elle me jette un regard à la dérobée, un regard qui dément ces artifices, un regard qui me sacrifie le monde et les hommes ! Certes, je me suis cent fois trouvé ridicule d'aimer quelques aunes de blonde, du velours, de fines batistes, les tours de force d'un coiffeur, des bougies, un carrosse, un titre, d'héraldiques couronnes peintes par des vitriers ou fabriquées par un orfèvre, enfin tout ce qu'il y a de factice et de moins femme dans la femme ; je me suis moqué de moi, je me suis raisonné, tout a été vain. Une femme aristocratique et son sourire fin, la distinction de ses manières et son respect d'elle-même m'enchantent ; quand elle met une barrière entre elle et le monde, elle flatte en moi toutes les vanités, qui sont la moitié de l'amour. Enviée par tous, ma félicité me paraît avoir plus de saveur. En ne faisant rien de ce que font les autres femmes, en ne marchant pas, ne vivant pas comme elles, en s'enveloppant dans un manteau qu'elles ne peuvent avoir, en respirant des parfums à elle, ma maîtresse me semble être bien mieux à moi ; plus elle s'éloigne de la terre, même dans ce que l'amour a de terrestre, plus elle s'embellit à mes yeux. En France, heureusement pour moi, nous sommes depuis vingt ans sans reine, j'eusse aimé la reine. Pour avoir les façons d'une princesse, une femme doit être riche. En présence de mes romanesques fantaisies, qu'était Pauline ? Pouvait-elle me vendre des nuits qui coûtent la vie, un amour qui tue et met en jeu toutes les facultés humaines ? Nous ne mourons guère pour de pauvres filles qui se donnent ! Je n'ai jamais pu détruire ces sentiments ni ces rêveries de poète. J'étais né pour l'amour impossible... (La Peau de Chagrin.)

Mais le rêve de l'amour sans la chair, de l'amour angélique, le rappelle. C'est l'amour de Séraphita, de Louis pour Pauline, d'Henriette, c'est l'amour d'Émilio et de Massimilla :

Chacun d'eux sondait sa propre tendresse et la trouvait infinie, sécurité qui leur suggérait de douces paroles. La Pudeur, cette divinité qui, dans un moment d'oubli avec l'Amour, enfanta la Coquetterie, n'aurait pas eu besoin de mettre la main sur ses yeux en voyant ces deux amants. Pour toute volupté, pour extrême plaisir, Massimilla tenait la tête d'Émilio sur son sein et se hasardait par moments à imprimer ses lèvres sur les siennes, mais comme un oiseau trempe son bec dans l'eau pure d'une source ; en regardant avec timidité s'il est vu. Leur pensée développait ce baiser comme un musicien développe un thème par les modes infinis de la musique, et il produisait en eux des retentissements tumultueux, ondoyants, qui les enfiévraient. Certes, l'idée sera toujours plus violente que le fait ; autrement le désir serait moins beau que le plaisir, et il est plus puissant, il l'engendre. Aussi étaient-ils pleinement heureux, car la jouissance du bonheur amoindrira toujours le bonheur...

Balzac rencontre l'Étrangère. De la première lettre à la dernière, mêlant le vocabulaire mystique à celui du désir, il lui écrira sur le ton de la passion la plus absolue, de l'amour fou :

Dis-toi que tu es aimée comme aucune femme ne l'est. Vois, par tous les ravages que tu fais dans ma pauvre maison, dans ma tête, dans mon cœur, à quel point tu y es tout, la fleur et le fruit, la force et la faiblesse, le plaisir et la douleur, la douleur involontairement, le plaisir toujours, même dans la douleur, la richesse, le bonheur, l'espérance, toutes les belles et bonnes choses humaines, même la religion. Je n'ose pas te dire que tu es autant que Dieu, car je crois que tu es plus encore !
Je pense aux rares perfections de celle qui fut à sa nais-

Séraphita.

A une Étrangère.

Fille d'une terre esclave, ange par l'a-
mour, démon par la fantaisie, enfant
par la foi, vieillard par 'expérience,
homme par le cerveau, femme par le

*sance la bien nommée Ève, car elle est seule sur la terre ; il
n'y a pas deux anges semblables ; il n'y a pas de femme qui
ait réuni plus de gentillesse, plus d'esprit, plus d'amour, plus
de génie dans les caresses. Oh ! tous les souvenirs de Mme de
Berny sont bien loin ! L'amour vrai, l'amour d'une femme
et d'une jolie femme, douée de tant de voluptés, ne peut rien
redouter...*

*Tu es toute ma famille, tu me tiens lieu de mère depuis
treize ans, d'amie (la seule !), de sœur, de frère, de cama-
rade, de maîtresse...*

*Vraiment, tu es mon rêve, mon rêve le plus ambitieux
réalisé ! Tu ne sais pas, toi, diamant perdu dans un désert,
tout ce que tu vaux, (car) tu ne t'étonnerais pas (alors)
de mon adoration sans bornes. Ah ! quel plaisir pour moi
de répéter que ambition, orgueil, esprit, intelligence, monde
(vanité même !), volupté, charme, tu satisfais à toutes ces
exigences. Il y a dans* La Cousine Bette *bien des lignes dictées
par toi. Les reconnaîtras-tu ? Oui, ton cœur battra ; tu te
diras : « Ceci a été écrit pour moi. Je suis ce qu'il démontre
être la rareté féminine : le dévouement, la piété, la vertu
et le plaisir, le divin plaisir ! » Aie bien de l'orgueil, car je
pense tout cela de toi, et, sans toi, je ne l'aurais pas inventé. »*
(1845.)

« *Sans toi, je ne l'aurais pas inventé...* » C'est pour elle
qu'il écrit, confie-t-il à Mme de Girardin :

« *Je parais très gai, spirituel, étourdi, si vous voulez ; mais
tout cela est un paravent qui cache une âme inconnue à
tout le monde, excepté à elle. J'écris pour elle, je veux la
gloire pour elle, elle est tout : le public, l'avenir !*

— *Vous m'expliquez, m'a-t-elle dit,* La Comédie Humaine.
Un pareil monument ne se fait que comme cela. »...

C'est aussi d'après elle. N'est-elle pas le mystérieux androgyne dont chacun rêve, et dont Balzac nous parle justement dans cette *Cousine Bette* dont il vient de dire à Ève
qu'elle en a inspiré plus d'un passage ?

« *L'amour, cette immense débauche de la raison, ce mâle
et sévère plaisir des grandes âmes, et le plaisir, cette vulgarité vendue sur la place, sont deux faces différentes d'un même
fait. La femme qui satisfait ces deux vastes appétits des deux
natures, est aussi rare, dans le sexe, que le grand général,
le grand écrivain, le grand artiste, le grand inventeur,*

dicace de Modeste Mignon *à Mme Hanska.*

le sont dans une nation. *L'homme supérieur, comme l'imbécile, un Hulot comme un Crevel, ressentent également le
besoin de l'idéal et celui du plaisir; tous vont cherchant ce
mystérieux androgyne, cette rareté, qui, la plupart du temps,
se trouve être un ouvrage en deux volumes.*

De toutes les œuvres que domine la passion pour
l'Étrangère, sans doute est-ce *Albert Savarus* qui nous
la restitue le plus fidèlement. L'amour d'Albert pour la
duchesse, que transpose celui de Rodolphe pour Francesca,
décrit exactement celui d'Honoré pour Ève.

*Croire à une femme, faire d'elle sa religion humaine,
le principe de sa vie, la lumière secrète de ses moindres
pensées !... n'est-ce pas une seconde naissance ? Un jeune
homme mêle alors à son amour un peu de celui qu'il a eu
pour sa mère.*
(Rodolphe se souvient de Félix. Et Balzac : « *Tu me
tiens lieu de mère depuis treize ans.* »)

« *Chère, dit Rodolphe, encore quelques émotions de ce
genre, et je mourrais... Après vingt années de connaissance,
vous saurez quelle est la force et la puissance de mon cœur,
de quelle nature sont ses aspirations vers le bonheur. Cette
plante ne monte pas avec plus de vivacité pour s'épanouir
aux rayons du soleil, dit-il en montrant un jasmin de Virginie
qui enveloppait la balustrade, que je ne me suis attaché
depuis un mois à vous. Je vous aime d'un amour unique.
Cet amour sera le principe secret de ma vie, et j'en mourrai
peut-être !* »

Savarus est l'« *ambitieux par amour* » : il veut le pouvoir
pour l'offrir à la duchesse comme Balzac écrit *La Comédie
Humaine* pour Ève.
Mais ce n'est pas seulement ce rêve de l'amour absolu,
et ce projet d'offrir à l'objet de sa passion une gloire temporelle, que Mme Hanska a ranimé en Balzac. Il semble
l'avoir aimée sensuellement, comme il n'a jamais aimé
Laure ni aucune femme. Sensualité qui s'exaspère dans
l'attente et prend la forme d'un violent érotisme de frustration.
*Il y a longtemps que je suis amoureux fou de toi, de ta
chair si tu veux ; et à Francfort cette adoration a décuplé.*

« *Dom Seraphitus et Santa Seraphita* » *d'après un journal de* 1839.

*Je ne t'avais jamais vue si belle, ni si bien à mon aise. Sois
tranquille, mon loup adoré, tu as la beauté prisée, la beauté
rare, ce qui fait le mari fidèle.*

Sans doute la sensualité n'a-t-elle jamais été absente
de l'œuvre : souvenons-nous de la scène du *Lys dans la
Vallée.* Mais qu'il y a loin de cette sensualité adolescente,
impulsive, naïve, au lourd sous-entendu qui traverse les
œuvres de la séparation ! Les courtisanes de *La Comédie
Humaine,* peut-être éclosent-elles au fond de ce demi-
sommeil de la frustration érotique où il rêve la femme
docile à un infini désir. Notons aussi que la seule création

précisément sensuelle de l'œuvre — le personnage de Valérie Marneffe — surgit à ce moment. Non que Mme Hanska soit le modèle de Valérie ! Mais Valérie semble un fantôme de ces nuits solitaires après lesquelles, écrit-il à Ève, il se trouve investi « *d'une énorme puissance magnétique* ». Songeons aussi à l'un des plus beaux récits, *Honorine*, qu'il écrit en 1843, à bride abattue, avant d'aller rejoindre Ève, enfin veuve, à Saint-Petersbourg. C'est le drame de la séparation dans l'amour, et dans cette passion d'Octave pour Honorine absente et hostile, se glisse l'image de la distance matérielle qui sépare Ève d'Honoré, et qu'aggravent les premiers doutes sur la décision de Mme Hanska.

« *Aujourd'hui, j'aime Honorine absente, comme on aime, à soixante ans, une femme qu'on veut avoir à tout prix, et je me sens la force d'un jeune homme.* » — « *Tout amour absolu veut sa pâture* » : telle est l'exigence qui monte vers Mme Hanska.

Et voici les nuits où Balzac rêve de l'absente :

La mesure des douleurs est en nous. Vous-même, vous ne comprenez mes souffrances que par une analogie très vague. Pouvez-vous me voir calmant les rages les plus violentes du désespoir par la contemplation d'une miniature où mon regard retrouve et baise son front, le sourire de ses lèvres, le contour de son visage, où je respire la blancheur de sa peau, et qui me permet presque de sentir, de manier les grappes noires de ses cheveux bouclés ? M'avez-vous surpris quand je bondis d'espérance, quand je me tords sous les mille flèches du désespoir, quand je marche dans la boue de Paris pour dompter mon impatience par la fatigue ? J'ai des énervements comparables à ceux des gens en consomption, des hilarités de fou, des appréhensions d'assassin qui rencontre un brigadier de gendarmerie. Enfin, ma vie est un continuel paroxysme de terreurs, de joies, de désespoirs.

... Ah ! si je ne sentais pas en moi toutes les facultés nobles de l'homme satisfaites, heureuses, épanouies ; si les éléments de mon rôle n'appartenaient pas à la paternité divine, si je ne jouissais par tous les pores, il se rencontre des moments où je croirais à quelque monomanie. Par certaines nuits, j'entends les grelots de la Folie, j'ai peur de ces transitions violentes d'une faible espérance, qui parfois brille et s'élance,

à un désespoir complet qui tombe aussi bas que les hommes peuvent tomber. J'ai médité sérieusement, il y a quelques jours, le dénouement atroce de Lovelace avec Clarisse, en me disant : si Honorine avait un enfant de moi, ne faudrait-il pas qu'elle revînt dans la maison conjugale ? Enfin j'ai tellement foi dans un heureux avenir, qu'il y a dix mois j'ai acquis et payé l'un des plus beaux hôtels du faubourg Saint-Honoré. Si je reconquiers Honorine, je ne veux pas qu'elle revoie cet hôtel, ni la chambre d'où elle s'est enfuie. Je veux mettre mon idole dans un nouveau temple où elle puisse croire à une vie entièrement nouvelle. On travaille à faire de cet hôtel une merveille de goût et d'élégance. On m'a parlé d'un poète qui, devenu presque fou d'amour pour une cantatrice, avait, au début de sa passion, acheté le plus beau lit de Paris, sans savoir le résultat que l'actrice réservait à sa passion. Eh bien ! il y a le plus froid des magistrats, un homme qui passe pour le plus grave conseiller de la Couronne, à qui cette anecdote a remué toutes les fibres du cœur. L'orateur de la Chambre comprend ce poète qui repaissait son idéal d'une possibilité matérielle. Trois jours avant l'arrivée de Marie-Louise, Napoléon s'est roulé dans son lit de noces à Compiègne... Toutes les passions gigantesques ont la même allure. J'aime en poète et en empereur !... (Honorine.)

Le baron Octave couche avec le châle des Indes qu'il va donner à Honorine — Honorine qu'évoque ainsi le narrateur : « *Quoique svelte Honorine n'était pas maigre, et ses formes me semblèrent être de celles qui réveillent encore l'amour quand il se croit épuisé.* »

A cette rêverie romantique et sensuelle, bientôt se mêle un autre sentiment : celui de l'usure des forces créatrices, de l'épuisement et de la dégradation du désir. S'il se félicite parfois d'une chasteté qui lui donne une énorme « *puissance magnétique* », on sent combien l'épuise cette excitation sans assouvissement.

Cette longue attente du cœur, du bonheur, d'une vie rêvée, m'a plus détruit que je ne le croyais... Je suis agité, dans le principe même de ma vie, à en mourir... Aussi n'y a-t-il qu'un mot pour rendre ma situation : je me consume...

Je souffrais de cette renaissance interrompue de ma

jeunesse, d'une conjugalité inespérée, adorable, qui surpasse mes souhaits. Je ne sais si je dois te dire des choses aussi cruelles, mais sans le ressort des obligations, des affaires, des manuscrits à composer, et immédiatement, *je crois que j'allais m'affaisser comme un ballon piqué.* »

Pour le baron Octave, comme pour Balzac, la torture par l'espérance recouvre le sentiment d'un avilissement : « *L'amour prit alors chez moi la forme de la passion, de cette passion lâche et absolue qui saisit certains vieillards...* »

Le drame de la séparation et de l'espérance incertaine trouve un accompagnement tragique dans la conviction grandissante que cette passion le dépouille de ses forces créatrices. A partir de 1844, on voit se ralentir le rythme prodigieux de la production. Décadence du génie ? Non, sans doute : les dernières années voient naître quelques-uns des plus grands chefs-d'œuvre, et les récits interrompus ont un magnifique accent. Mais Balzac se trouve face à face avec la nécessité d'une sorte de métamorphose. La technique des derniers romans (*La Cousine Bette,* par exemple) et plus encore celle des quelques récits inachevés *(Les Petits Bourgeois, Le Député d'Arcis, La Femme Auteur, Un caractère de femme)* accuse des caractères très nouveaux. Rappelons-nous cette page du *Député d'Arcis* [1] où l'on voit se rencontrer chez la Marquise d'Espard quelques-uns des personnages fondamentaux de *La Comédie Humaine* : Rastignac pour la seconde fois ministre, Du Tillet, et Maxime de Trailles « *que chacun croyait parti* », et qui se dresse tout à coup « *comme une apparition du fond d'un fauteuil placé derrière celui du Chevalier d'Espard* ». Ainsi surgissent comme des apparitions, devant le romancier lui-même, les personnages dont il a formé le destin et qui maintenant lui échappent, le rattrapent. Beaucoup sont morts, et on entend — sinistrement — la voix du prodigieux metteur en scène dans celle de l'entrepreneur de pompes funèbres qui propose ses services pour l'enterrement de Pons : « *Nous creusons les fosses pour les tombes de familles... Nous nous chargeons de tout. Notre maison a fait le magnifique monument de la*

---

1. Relevée par S. de Sacy dans sa préface au *Député d'Arcis (Club Français du Livre).*

belle *Esther Gobseck et de Lucien de Rubempré, l'un des plus magnifiques ornements du Père Lachaise.* » Les autres sont là encore, mais *devenus.* Aux survivants, il semble que Balzac lance comme une ultime convocation. Les voici qui répondent à l'appel, se pressent aux premières pages des récits inachevés. Le rideau tombe. Voici le dernier mot de l'histoire, voici le moment d'écrire *Le Temps Retrouvé.* Sans doute Balzac voit-il la nouveauté et l'urgence de sa nouvelle tâche. « *Je me suis mis à considérer ce que j'avais encore à écrire pour donner à* La Comédie Humaine *un sens raisonnable, et ne pas laisser ce monument dans un état inexplicable* » — (juillet 1846.) Son génie ne lui est certes pas inférieur. Mais cette ultime métamorphose, il sent que sa vie usée par l'attente, par les nuits de l'amant solitaire et du débiteur harcelé, ne lui permettra pas de la mener à bien. Sa vie, maintenant, l'empêche d'écrire, d'achever *Les Paysans,* d'entreprendre. Et c'est la monotone et poignante litanie :

Comment puis-je me jeter dans un travail absorbant, avec une idée comme celle de partir sous peu... J'ai été tenaillé, torturé, comme jamais je ne l'ai été. C'est un triste martyre, celui du cœur, celui de la tête, celui des affaires.
... Vous m'avez fait perdre la tête tout le mois de janvier et les quinze premiers jours de février à me dire : « Je pars demain, dans huit jours ! » à attendre des lettres et à me tordre dans des rages que moi seul connais (15 février 1845.)
Je ne puis pas tirer une ligne de mon cerveau. Je n'ai pas de courage, pas de force, pas de volonté (20 février 1845.)
Maintenant, je n'ai pas une ligne (d'écrite) sur Les Paysans. *J'ai usé mes facultés à l'œuvre désespérante de l'attente... Je suis au fond sans savoir comment (en) sortir* (26 février.)
Tu as tout ton temps. Tu n'as pas Les Paysans *à écrire.*
Que veux-tu ? Je ne puis plus que t'aimer ; je ne pense qu'à toi (1845.)

De décembre 1846 :
Mon cerveau s'est couché comme un cheval fourbu. Il faut essayer ce que j'appelle la masturbation du cerveau. C'est effrayant...
Je connais l'évanouissement de la pensée.
Moi, je les hais, les romans, surtout les romans à finir !

« Rien, rien que l'amour et la gloire
ne peut remplir la vaste place qu'offre mon cœur... » (1819)

« Mon cerveau s'est couché comme un cheval fourbu... » (1846)

Hier, il m'a été impossible d'écrire une ligne...

Me voici levé à trois heures du matin ; je ne me sens pas plus disposé qu'hier. Tel est le cerveau : cet organe n'obéit qu'à ses propres lois, lois inconnues ! Rien n'agit sur cette bouillie.

1847 :

Je suis sans âme ni cœur ; tout est mort... Je mourrai épuisé, je mourrai de travail et d'anxiété, je le sens... Écoute : non seulement le cœur et l'âme sont attaqués ; mais, je te le dis bien bas, je perds la mémoire des substantifs, et je suis prodigieusement alarmé.

J'éprouve un vide, un ennui, un dégoût de tout, qui agit sur mon cerveau.

Mon ennui est incurable.

La tête se brouille.

Vous ne croirez pas que je maigris à vue d'œil. Rien ne me nourrit ; je dévore mes pensées. Je ne veux pas vous peindre mon état moral, il est affreux. Je ne sais que devenir. Je reste des heures entières perdu dans mes souvenirs et vraiment hébété.

Me devinerez-vous ? J'en doute, car on ne devine pas l'infini de l'ennui, l'infini des regrets et de tout ce qui m'oppresse. Il y a l'infini du désir qui peut se comprendre quand on aime beaucoup.

Je maigris, je ne m'intéresse à rien. Je commence à prendre en haine cette maison vide, où tout est fait pour une absente.

Travaille, petit auteur de La Comédie Humaine... *Paie ton luxe, expie tes folies, et attends ton Ève, dans l'enfer de l'encrier et du papier blanc !*

J'ai tort d'être né, je crois.

Je ne peux pas concentrer ma pensée. Je comprends que la mort volontaire soit le dénouement de cet état, quand il se prolonge...

Je ne combats plus. Je me laisse aller à l'incessable paresse du chagrin.

Je n'ai pas conscience de la vie. Je ne crois plus à l'avenir.

J'ai fait mon plan pour m'en aller de ce bas-monde.

Balzac a vécu en pleine conscience ce drame de la désagrégation de ses forces créatrices ; il a éprouvé l'amour comme « le voleur d'énergie ». « *On parle du premier amour ! Je ne connais rien de terrible comme le dernier : il est strangulatoire !* » Dans ses lettres à Ève, c'est l'œuvre qu'il déteste et l'amour qu'il exalte (« *Moi, je les hais, les romans...* »). Mais il y eut assurément une région obscure de lui-même où il détesta Ève pour l'avoir séparé de son génie. Le héros d'*Honorine* ressent tout l'avilissement de son amour. *La Rabouilleuse*, en 1843, évoque le drame de la sujétion érotique, et l'on voit que le symbolisme de *La Peau de Chagrin* est devenu expérience vécue. Mais c'est dans *La Cousine Bette*, où, dit-il, tant de lignes ont été « *dictées par toi* », qu'il a le plus fortement exprimé ce complexe de remords et de ressentiment. Je verrais volontiers [1] en Hulot le Balzac des dernières années que l'Éros sépare de son œuvre, comme il sépare le baron de ses devoirs familiaux. Très tôt, Balzac est hanté par le vieillissement. En 1834, il écrivait à Auguste Borget :

> *Puisque vous vous intéressez toujours à mon pauvre moi, mon cher ami, que vous avez un trésor de tendresse au cœur pour votre enfant gâté, apprenez une triste nouvelle : à votre retour, vous ne verrez plus ces beaux cheveux noirs que vous aimiez, qu'aime ma mère et que d'autres aimaient ! Ils tombent par poignées, tous les matins, et blanchissent tous les soirs. Les travaux exorbitants de mes quinze ou dix-huit heures par jour emportent tout. La nature est implacable, et quand on essaie de la frauder, elle est plus dure que la cour d'Assises n'est dure parce qu'elle est plus logique. Ma vie gagne le cerveau ; la forme s'épaissit par inactivité du corps. Le siège principal de la combustion est en haut. La sobriété, l'abstinence des vrais moines maintient encore l'équilibre, mais le moindre excès le détruirait.*
>
> *Par moments, je me lasse. Je n'ai plus de distractions que par les ressources les plus extrêmes de la pensée, Beethoven, l'Opéra. J'ai peur d'avoir mangé beaucoup sur mon capital. Ce sera curieux de voir mourir jeune l'auteur de* La Peau de Chagrin.

Ce vieillissement, que les dernières années accélèrent, il le prête à Hulot :

> *En s'examinant tous les jours, on finit, à l'exemple du baron, par se croire peu changé, jeune, alors que les autres voient sur nos têtes une chevelure tournant au chinchilla,*

1. Avec M. Bernard Guyon.

des accents circonflexes à notre front, et de grosses citrouilles dans notre abdomen.

... Le ventre tomba, l'obésité se déclara. Le chêne devint une tour, et la pesanteur des mouvements fut d'autant plus effrayante, que le baron vieillissait prodigieusement en jouant le rôle de Louis XII. Les sourcils restèrent noirs et rappelèrent vaguement le bel Hulot, comme dans quelques pans de murs féodaux un léger détail de sculpture demeure pour faire apercevoir ce que fut le château dans son beau temps. Cette discordance rendait le regard, vif et jeune encore, d'autant plus singulier dans ce visage bistré que, là où pendant si longtemps fleurirent les tons de chair à la Rubens, on voyait, par certaines meurtrissures et dans le sillon tendu de la ride, les efforts d'une passion en rébellion avec la nature. Hulot fut alors une de ces belles ruines humaines où la virilité ressort par des espèces de buissons aux oreilles, au nez, aux doigts, en produisant l'effet des mousses poussées sur les monuments presque éternels de l'Empire romain.

« *Une passion en rébellion contre la nature...* » Marneffe lui aussi est détruit par la débauche. Le monde de *La Cousine Bette* est celui des victimes d'Éros. Et, dans ce livre où Balzac a mis tant de lui-même, où il prête à Crevel jusqu'à son émotion lorsqu'Ève lui annonce qu'elle attend un enfant, le drame de la stérilisation du génie jeune par l'amour accompagne celui de la décadence sénile :

L'artiste, pendant les premiers mois, aima sa femme. Hortense et Wenceslas se livrèrent aux adorables enfantillages de la passion légitime, heureuse, insensée. Hortense fut alors la première à dispenser Wenceslas de tout travail, orgueilleuse de triompher ainsi de sa rivale, la sculpture. Les caresses d'une femme, d'ailleurs, font évanouir la muse et fléchir la féroce, la brutale fermeté du travailleur.

Et cette belle page sur l'acharnement nécessaire à la création, nul doute que Balzac ne l'ait écrite en évoquant tout ce que son œuvre avait eu de conquis sur sa vie, et en comprenant à quel point, maintenant, la vie s'était retournée contre l'œuvre, la paralysant, la délabrant :

Le travail moral, la chasse dans les hautes régions de l'in-

telligence, est un des plus grands efforts de l'homme. Ce qui doit mériter la gloire dans l'Art, car il faut comprendre sous ce mot toutes les créations de la Pensée, c'est surtout le courage, un courage dont le vulgaire ne se doute pas, et qui peut-être est expliqué pour la première fois ici. Poussé par la terrible pression de la misère, maintenu par Bette dans la situation de ces chevaux à qui l'on met des œillères pour les empêcher de voir à droite et à gauche du chemin, fouetté par cette dure fille, image de la Nécessité, cette espèce de destin subalterne, Wenceslas, né poète et rêveur, avait passé de la Conception à l'Exécution, en franchissant sans les mesurer les abîmes qui séparent ces deux hémisphères de l'Art. Penser, rêver, concevoir de belles œuvres, est une occupation délicieuse. C'est fumer des cigares enchantés, c'est mener la vie de la courtisane occupée à sa fantaisie. L'œuvre apparaît alors dans la grâce de l'enfance, dans la joie folle de la génération, avec les couleurs embaumées de la fleur, et les sucs rapides du fruit dégustés par avance. Telle est la Conception et ses plaisirs. Celui qui peut dessiner son plan par la parole, passe déjà pour un homme extraordinaire. Cette faculté, tous les artistes et les écrivains la possèdent. Mais produire ! mais accoucher ! mais élever laborieusement l'enfant, le coucher gorgé de lait tous les soirs, l'embrasser tous les matins avec le cœur inépuisé de la mère, le lécher sale, le vêtir cent fois des plus belles jaquettes qu'il déchire incessamment ; mais ne pas se rebuter des convulsions de cette folle vie et en faire le chef-d'œuvre animé qui parle à tous les regards en sculpture, à toutes les intelligences en littérature, à tous les souvenirs en peinture, à tous les cœurs en musique, c'est l'Exécution et ses travaux. La main doit s'avancer à tout moment, prête à tout moment à obéir à la tête. Or, la tête n'a pas plus les dispositions créatrices à commandement, que l'amour n'est continu.

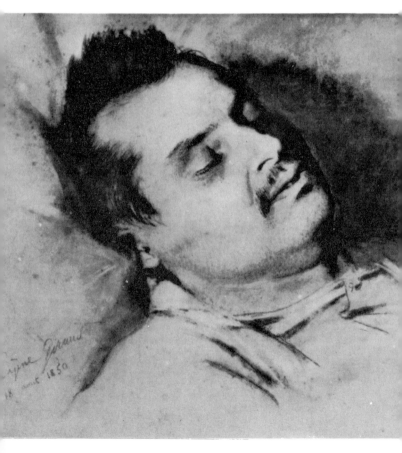

Balzac sur son lit de mort. Pastel d'Eugène Giraud.

UN DE CES TEXTES PRÉEXISTANTS...

> *Ce sera curieux de voir mourir jeune l'auteur de* La Peau de Chagrin...

... On ne peut lire sans malaise ces lignes de 1834. L'œuvre se souvient de la vie et l'accompagne ; il semble aussi qu'elle la devance. Une étrange puissance prophétique habite Balzac lorsqu'il se confie à ses mythes et à ses personnages. « *En se rendant chez la Marquise, Charles obéissait à un de ces textes préexistants dont notre expérience et les conquêtes de notre esprit ne sont, plus tard, que les développements sensibles.* » (La Femme de trente ans.) Il arrive que l'œuvre tende à la vie ce texte préexistant qu'elle n'a plus qu'à développer. Balzac a eu l'existence qu'il a rêvé d'avoir, et dont il a projeté le rêve sur ses premières œuvres. Il a fait surgir l'Étrangère du fond de son Ukraine, et il lui a dédié cette gloire dont déjà il parlait à Laure, et dont Louis parle à Pauline :

> ... *Oui, vous m'avez donné une confiance, une audace incroyables. Je puis tout tenter maintenant. J'étais revenu à Blois, découragé. Cinq ans d'études au milieu de Paris m'avaient montré le monde comme une prison. Je concevais des sciences entières et n'osais en parler. La gloire me semblait un charlatanisme auquel une âme vraiment grande ne devait pas se prêter. Mes idées ne pouvaient donc passer que sous la protection d'un homme assez hardi pour monter sur les tréteaux de la Presse, et parler d'une voix haute aux niais qu'il méprise. Cette intrépidité me manquait. J'allais,*

*brisé par les arrêts de cette foule, désespérant d'être jamais
écouté par elle. J'étais et trop bas et trop haut ! Je dévorais
mes pensées comme d'autres dévorent leurs humiliations.
J'en étais arrivé à mépriser la science, en lui reprochant de
ne rien ajouter au bonheur réel. Mais depuis hier, en moi
tout est changé. Pour vous je convoite les palmes de la gloire
et tous les triomphes du talent. Je veux, en apportant ma
tête sur vos genoux, y faire reposer les regards du monde,
comme je veux mettre dans mon amour toutes les idées, tous
les pouvoirs ! La plus immense des renommées est un bien
que nulle puissance autre que celle du génie ne saurait créer.
Eh bien ! je puis, si je le veux, vous faire un lit de lauriers.
Mais si les paisibles ovations de la science ne vous satisfai-
saient pas, je porte en moi le Glaive et la Parole, je saurais
courir dans la carrière des honneurs et de l'ambition comme
d'autres s'y traînent ! Parlez, Pauline, je serai tout ce que
vous voudrez que je sois. Ma volonté de fer peut tout. Je
suis aimé !...*

Mais s'il a formé dès le début ce rêve, il a eu dès le
début aussi le pressentiment d'un écroulement final.
Le mythe de l'amour impossible et de l'existence dérobée
au dernier instant est inséparable de celui de l'amour
fou et de la gloire. L'amour finit toujours mal chez Balzac,
et pas seulement dans les dernières œuvres. Marie de
Verneuil a toujours su que son bonheur serait « *un jour
sans lendemain* ». Lorsque son rêve enfin se réalise, il est
déjà hors de sa portée. « *La mort se glissait déjà dans son
amour... Ils arrivèrent enfin à ce lit fatal où, comme dans un
tombeau, se brisent tant d'espérances, où le réveil à une belle
vie est si incertain, où meurt, où naît l'amour... Marie regarda
la pendule et se dit :* « *Six heures à vivre.* » Ainsi Balzac
revient d'Ukraine avec celle dont il a rêvé pendant vingt
ans, et meurt trois mois après dans cet hôtel de la rue
Fortunée, lieu de la « *vie rêvée* », qui ne fut que sa tombe.
Ne le savait-il pas ? « *Coûte que coûte*, écrit-il de Wierzchownia, *je serai revenu en août. Il faut mourir au gîte.* » Louis
Lambert lui aussi sait qu'il mourra « *dans le premier
embrassement* », que la joie dont il vit lui sera, au dernier
instant, dérobée :

*Depuis hier je doute de moi-même. Si j'ai pu te déplaire
une fois, si je ne t'ai pas comprise, je tremble d'être emporté*

souvent ainsi par mon fatal démon hors de notre bonne sphère. Si j'avais beaucoup de ces moments affreux, si mon amour sans bornes ne savait pas racheter les heures mauvaises de ma vie, si j'étais destiné à demeurer tel que je suis ?... Fatales questions ! La puissance est un bien fatal présent, si toutefois ce que je sens en moi est la puissance. Pauline, éloigne-toi de moi, abandonne-moi ! Je préfère souffrir tous les maux de la vie à la douleur de te savoir malheureuse par moi...

Comment, cœur chéri, plus d'obstacles ! Nous serons libres d'être l'un à l'autre, chaque jour, à chaque heure, chaque moment, toujours. Nous pourrons rester, pendant toutes les journées de notre vie, heureux comme nous le sommes furtivement en de rares instants ! Quoi ! nos sentiments si purs, si profonds, prendront les formes délicieuses des mille caresses que j'ai rêvées. Ton petit pied se déchaussera pour moi, tu seras toute à moi ! Ce bonheur me tue, il m'accable. Ma tête est trop faible, elle éclate sous la violence de mes pensées. Je pleure et je ris. J'extravague. Chaque plaisir est comme une flèche ardente, il me perce et me brûle ! Mon imagination te fait passer devant mes yeux ravis, éblouis, sous les innombrables et capricieuses figures qu'affecte la volupté. Enfin, toute notre vie est là, devant moi, avec ses torrents, ses repos, ses joies ; elle bouillonne, elle s'étale, elle dort ; puis elle se réveille jeune, fraîche. Je nous vois tous deux unis, marchant du même pas, vivant de la même pensée ; toujours au cœur l'un de l'autre, nous comprenant, nous entendant comme l'écho reçoit et redit les sons à travers les espaces ! Peut-on vivre longtemps en dévorant ainsi sa vie à toute heure ? Ne mourrons-nous pas dans le premier embrassement ?

Balzac s'est vu dans le spectre de Lambert, dans l'image du génie foudroyé, « *conquête faite par la vie sur la mort, ou par la mort sur la vie* » :

Après avoir demandé à mademoiselle de Villenoix si un peu plus de jour ne causerait aucune douleur à Lambert, sur sa réponse, j'ouvris légèrement la persienne, et pus voir alors l'expression de la physionomie de mon ami. Hélas ! déjà ridé, déjà blanchi, enfin déjà plus de lumière dans ses yeux, devenus vitreux comme ceux d'un aveugle. Tous ses

traits semblaient tirés par une convulsion vers le haut de sa tête. J'essayai de lui parler à plusieurs reprises ; mais il ne m'entendit pas. C'était un débris arraché à la tombe, une espèce de conquête faite par la vie sur la mort, ou par la mort sur la vie. J'étais là depuis une heure environ, plongé dans une indéfinissable rêverie, en proie à mille idées affligeantes. J'écoutais mademoiselle de Villenoix qui me racontait dans tous ses détails cette vie d'enfant au berceau. Tout à coup Louis cessa de frotter ses jambes l'une contre l'autre et dit d'une voix lente : — Les anges sont blancs.

Que Balzac ait vu en lui sa propre image, l'échec qui l'attend après tant de combats et de gloires, l'heure où il perdra la mémoire des substantifs, où son cerveau se couchera comme un cheval fourbu, le prouve cette lettre à Zulma Carraud, de mars 1850 :

Je vous rappelle ce que vous avez dit de moi un jour à Angoulême, lorsque, brisé d'avoir fait Louis Lambert, malade et vous savez comment, je craignais la folie, je parlais de l'abandon où l'on laisse ces malheureux : « Si vous deveniez fou, je vous garderais ! » Jamais ce mot, votre regard ni votre expression n'ont été oubliés. Tout cela est encore en moi, comme au mois de juillet 1832 !

Le pressentiment qu'il « atteindra au but en expirant » hante Albert Savarus :

Ah ! mon cher Léopold, jamais joueur, ayant dans sa poche les restes de sa fortune, et la jouant au Cercle des Étrangers, dans une dernière nuit d'où il doit sortir riche ou ruiné, n'a eu dans les oreilles les tintements perpétuels, dans les mains la petite sueur nerveuse, dans la tête l'agitation fébrile, dans le corps les tremblements intérieurs que j'éprouve tous les jours en jouant ma dernière partie au jeu de l'ambition. Hélas ! cher et seul ami, voici bientôt dix ans que je lutte. Ce combat avec les hommes et les choses, où j'ai sans cesse versé ma force et mon énergie, où j'ai tant usé les ressorts du désir, m'a miné, pour ainsi dire, intérieurement. Avec les apparences de la force, de la santé, je me sens ruiné. Chaque jour emporte un lambeau de ma vie intime. A chaque nouvel effort, je sens que je ne pourrai plus le recommencer. Je n'ai plus de force et de puissance que pour *le ·bonheur, et s'il n'arrivait pas à poser sa couronne de roses sur ma tête, le moi que je suis n'existerait plus, je deviendrais une chose détruite, je ne désirerais plus rien dans le monde, je ne voudrais plus rien être. Tu le sais, le pouvoir et la gloire, cette immense fortune morale que je cherche, n'est que secondaire : c'est pour moi le moyen de la félicité, le piédestal de mon idole.*

Atteindre au but en expirant, comme le coureur antique ! voir la fortune et la mort arrivant ensemble sur le seuil de sa porte ! obtenir celle qu'on aime au moment où l'amour s'éteint ! n'avoir plus la faculté de jouir quand on a gagné le droit de vivre heureux !... oh ! de combien d'hommes ceci fut la destinée !

L'exemple le plus surprenant de cette prémonition demeure *La Peau de Chagrin* dont Balzac nous dit que tout en elle est « *mythe et figure* ». Après Fœdora, Raphaël rencontre Pauline, comme Balzac Ève après la Marquise de Castries. La passion pour l'Étrangère brûlera la vie de Balzac comme le désir de Pauline consume celle de Raphaël ; et Balzac mourra au moment où il possédera son rêve comme son héros dans la dernière étreinte. N'eût-il écrit que *La Peau de Chagrin*, et son existence nous fût-elle entièrement inconnue, ce livre suffirait à nous faire rêver d'une biographie légendaire assez proche de sa véritable destinée.

Balzac nous inviterait peut-être à considérer sans surprise l'exemple, dans son propre destin, de ce « *texte préexistant* ». Les raisons du futur sont dans le passé, dans le germe des causes : les instants successifs s'unissent dans une essentielle éternité. Les phénomènes de télépathie et de prémonition auxquels il accorde une si grande importance témoignent de l'inexistence du temps... Mais nous pouvons avoir une autre philosophie : contentons-nous d'y reconnaître, à parts égales, une volonté et une lucidité singulières. Balzac a été assez fort pour contraindre la vie à lui livrer ses rêves ; assez clairvoyant pour savoir qu'il ne les vivrait pas jusqu'au bout. Il a eu le pouvoir de forcer l'amour de l'inconnue et d'entreprendre *La Comédie Humaine* ; il a eu la lucidité de comprendre que la vie ne lui permettrait pas d'achever, et qu'il n'y a pas d'amour heureux pour qui exige l'absolu. Balzac n'est pas de ceux à qui la vie apporte l'imprévisible, parce qu'ils sont assez ignorants d'eux-mêmes et assez soumis à elle pour accepter d'être la pierre dont elle tirera des étincelles inconnues. Il n'est pas de ceux qui, comme Julien Sorel dans sa prison, reçoivent la joie quand ils attendent le malheur, de ceux qui savent tirer parti du destin, n'espèrent rien et profitent de tout, parce qu'ils pensent avec Gœthe que le monde est plus génial qu'eux-mêmes. Dès le début toutes les cartes sont données ; son destin est déjà joué comme celui de chaque personnage. De la vie qui vient à sa rencontre, il sait ce qu'il obtiendra et ce qu'elle lui refusera. Puissance écrasante et dominatrice, pourtant sans inconnu à ses yeux, comme s'il était le créateur de cela même qu'il subit...

OPHIQUES,

AR M. DE BALZAC.

Seconde Édition.

TOME PREMIER.

LA PEAU DE CHAGRIN.

USAGES DE L'IMAGINAIRE

> *Louis, écris cela, tu donneras le*
> *change à la nature de cette fièvre.*

Souvenir, Présence ou Projet, voici la vie, toujours,
sous la trame de l'œuvre. Mais cette vie, Balzac la transpose,
joue avec elle de plus d'une façon. L'imagination, ici,
assume plusieurs fonctions dans son rapport avec l'existence. Elle assume même toutes les fonctions possibles.
Entre l'imagination et la vie, d'autres romanciers ont
établi un rapport exclusif ou tout au moins privilégié.
Stendhal s'exprime et se rêve ; Constant et Proust s'écou-
tent ; Flaubert et Tolstoï tentent de s'oublier ;
Dostoïevski se cherche... Balzac convoque toutes les
puissances de l'imaginaire. A lui seul, il est le roman
tout entier.

A l'expression — rétrospective, immédiate ou prophétique —, une autre fonction, une autre intention presque
toujours se mêle. S'il est derrière chacun de ses personnages, quel jeu joue-t-il avec lui-même ? Si les événements de l'œuvre concernent les événements de sa vie,
en quel sens les concernent-ils ?

Le mouvement le plus naturel du romancier va sans doute à se donner en esprit ce que la réalité lui refuse. Ce mouvement est chez Balzac. Lorsque, à la fin des *Illusions Perdues*, Lucien au bord du suicide rencontre Carlos Herrera, et découvre que sa vie peut recommencer sur d'autres bases, on saisit là comme un rêve de romancier. Lucien a échoué ; il va écrire avec Carlos un roman triomphal. Ainsi peut-être Balzac idéalise-t-il Mme de Berny, ainsi compense-t-il son échec avec la Marquise de Castries. A tous les puissants, à tous les victorieux de son œuvre, il confie cette part de lui-même qui a besoin d'être compensée : d'autant plus liée à leur victoire, très souvent, qu'elle est plus éloignée de lui-même. Les vaincus lui ressemblent plus que les vainqueurs ; mais il est des victoires qui le comblent parce qu'elles ne peuvent pas être les siennes. Il lui plaît de voir Nucingen posséder des millions que lui-même a cherchés avec les moyens de Facino Cane, de voir de Marsay occuper le pouvoir qu'il a souhaité avec l'âme de Z. Marcas, de voir Rastignac faire en se jouant le beau mariage qu'il a attendu comme Savarus. Et Pons, le misérable Pons, du moins possède-t-il la collection qu'il n'a pas. Le personnage de de Marsay est l'un de ceux où l'on saisit le plus clairement cette fonction compensatrice :

Henri resta pendant un moment plongé dans de joyeuses réflexions. Disons-le à la louange des femmes, il obtenait toutes celles qu'il daignait désirer. Et que faudrait-il donc penser d'une femme sans amant, qui aurait su résister à un jeune homme armé de la beauté, qui est l'esprit du corps, armé de l'esprit qui est une grâce de l'âme, armé de la force morale et de la fortune qui sont les deux puissances réelles ? (La Fille aux yeux d'or.)

Tout proche de lui, cette fois, voici Daniel d'Arthez, le seul personnage d'écrivain où il ait esquissé sa propre idéalisation : génial, mais sage, créateur acharné, mais capable de longévité et de résistance aux désirs :

Daniel d'Arthez, un des hommes rares qui de nos jours unissent un beau caractère à un beau talent, avait obtenu non pas déjà toute la popularité que devaient lui mériter ses œuvres, mais une estime respectueuse à laquelle les âmes

« *L'existence de Daniel d'Arthez est entièrement consacrée au travail.* »
(Les secrets de la Princesse de Cadignan.)

Balzac vers 1840.

choisies ne pouvaient rien ajouter. Sa réputation grandira certes encore mais elle avait alors tout son développement aux yeux des connaisseurs : il est de ces auteurs qui, tôt ou tard, sont mis à leur vraie place et qui n'en changent plus...

... L'existence de Daniel d'Arthez est entièrement consacrée au travail, il ne voit la Société que par échappées, elle est pour lui comme un rêve...

... On peut être un grand homme et un méchant, comme on peut être un sot et un amant sublime. D'Arthez est un de ces êtres privilégiés chez lesquels la finesse de l'esprit, l'étendue des qualités du cerveau, n'excluent ni la force ni la grandeur des sentiments. Il est, par un rare privilège, homme d'action et homme de pensée, tout à la fois. Sa vie privée est noble et pure. (Les secrets de la princesse de Cadignan.)

Compensation où intervient aussi une sorte de magie propitiatoire. Certes, Balzac ne veut pas attirer sur lui le destin de tous les gagnants. Il ne veut ni de la réussite de Pierre Grassou ni de celle du héros d'*Un début dans la vie*, qui est « *le bourgeois moderne* », — ni même du succès de Canalis ; il ne songe pas à être Crevel. Mais pourquoi la séduction de de Marsay, la sage gloire de d'Arthez ou même la fortune de Nucingen ne viendraient-elles pas récompenser celui qui les évoque ?

La magie balzacienne, cependant, connaît plus de rites d'exorcisme que de rites propitiatoires. Les vaincus sont plus nombreux que les vainqueurs, le tragique est plus profond que le bonheur.

Exprimer le tragique est la seule façon de s'en délivrer, on le sait. Et nous saisissons parfois ce moment où le tragique quitte Balzac parce qu'il est objectivé dans sa création. *Un Drame au bord de la mer* entr'ouvre ce roman secret du romancier. Les premières pages évoquent l'euphorie de la disponibilité créatrice. Mais voici l'existence qui l'interrompt, révèle son tragique sous la forme d'un drame où il est permis de découvrir l'expression mythique des hantises du créateur (un père tue son fils, le créateur et la création s'entredévorent). Alors, Pauline : « *Louis, écris cela, tu donneras le change à la nature de cette fièvre.* »

Mais l'expression, le plus souvent, ne se contente pas d'être la *catharsis* traditionnelle par objectivation. L'exorcisme permet d'aller plus loin encore... Délivré, Balzac contemple alors des défaites qu'il redoute, mais qu'il éloigne pour leur assigner des causes qu'il est capable de conjurer. On voit ce mécanisme par exemple dans l'histoire de la faillite de Birotteau qu'il compose au moment où l'accablent les soucis d'argent. Comme Balzac, Birotteau est à son apogée ; c'est « *le midi de la vie* », heure où « *les causes agissent* ». Ne doit-il pas craindre la même chute ? Mais Balzac, lui, ne se laisse pas griser. « *La prospérité porte avec elle une ivresse à laquelle les hommes inférieurs ne résistent jamais.* » Même mécanisme dans *Une Fille d'Ève*, récit écrit en 1838 — mauvaise année pour Balzac — et qui raconte une histoire où, tout de même, il devrait se reconnaître : celle de la création paralysée par l'amour. Mais, entre Balzac et Nathan, quoi de commun ? « *La continuité du travail appliquée à la création d'un monument, il* (Nathan) *l'ignore.* » Nathan n'a pas son génie : non plus, croit-il, son habileté aux affaires. « *Pourquoi ce défaut de pénétration, dans leurs affaires personnelles, chez des hommes habitués à tout pénétrer ? Peut-être l'esprit ne peut-il pas être complet sur tous les points, peut-être les artistes vivent-ils trop dans le moment présent pour étudier l'avenir, peut-être observent-ils trop les ridicules pour voir un piège, et croient-ils qu'on n'ose pas les jouer ?* » Parle-t-il pour lui-même ? Non, c'est pour Nathan. « *L'ambitieux entendait de toutes parts les craquements de la destruction dans son jeune édifice bâti sans fondements. Déjà sans force pour soutenir une si vaste entreprise, il se sentait incapable de la recommencer ; il allait donc périr sous les décombres de sa fantaisie.* » Soulagé, Balzac contemple ce destin qui ne peut être le sien : il a d'autres cartes. Non, Ève ne le regardera jamais comme Marie regarde Nathan à la fin du récit. « *Mme de Vandenesse eut un mouvement de honte en songeant qu'elle s'était intéressée à Raoul.* » Non, il ne connaîtra pas le destin de Lucien : il sera pour lui-même un Carlos Herrera invincible, ou plutôt un d'Arthez ajouté à Lucien. « *Quand le soir, à souper, le poète-journaliste expliquait sa situation à ses amis les viveurs, ils noyaient ses scrupules dans des flots de vin de Champagne glacé de plaisanteries. Les dettes ! Il n'y a pas d'homme fort sans dettes ! Les dettes représentent des besoins satisfaits, des vices exigeants. Un homme ne parvient que pressé par la main de fer de la nécessité.*

« *La prospérité porte avec elle une ivresse...* » (César Birotteau.)

Balzac aux Tuileries (Aquarelle de Cassal).

Nathan. « *L'ambitieux entendait de toutes parts les craquements de la destruction...* » (Une fille d'Ève.)

Balzac en 1836 (Lithographie de Julien).

*— Aux grands hommes, le Mont-de-Piété reconnaissant !
lui criait Blondet.* » (Illusions perdues.)

Mais Lucien ne mérite pas ses dettes ; il n'est pas un
homme fort. « *Les gens qui savent résister à cette première
révolte des circonstances, qui se roidissent en laissant passer
la tourmente, qui se sauvent en gravissant par un épouvantable effort la sphère supérieure, sont les hommes réellement
forts. Tout homme, à moins d'être né riche, a donc ce qu'il
faut appeler sa fatale semaine. Pour Napoléon, cette semaine
fut la retraite de Moscou. Ce cruel moment était venu pour
Lucien.* » Pour Balzac aussi, mais lui sait résister, se roidir.
Plein d'une pitié détachée, il contemple l'écrasement
de celui à qui il se sait supérieur. Qu'y a-t-il de commun,
encore, entre lui et Paul de Manerville, bien que le drame
du « *contrat de mariage* » ait été en un sens aussi le sien ?
Paul est un faible, « *un de ces hommes faits pour recevoir
le bonheur plus que pour le donner* », et Balzac lui reproche
sa faiblesse par la plume d'Henri de Marsay. Et l'agonie
de Pons, le célibataire spolié et abandonné, ne l'évoque-
t-il pas — avec quel sourd frémissement, cette fois ! —
afin de l'éloigner de lui ? Les victimes sur lesquelles
le destin s'acharne — Pons, Goriot, Eugénie, Chabert,
Adèle Hulot, l'abbé Birotteau, combien d'autres — sont
autant de victimes sacrificatoires offertes par Balzac
à son propre destin.

Mais les vaincus qui lui ressemblent ? Ceux qui,
justement, mènent son combat ? En eux, il ne contemple
pas, apitoyé et serein, des défaites étrangères ; il exorcise
la hantise de sa propre défaite, il interroge passionnément,
assumé par d'autres lui-même, un échec qu'il évitera
peut-être puisqu'il le crée, le prévoit, et surtout le délègue
à ces représentants fraternels : Lambert, Claes, Raphaël...

Sans doute Balzac est-il Marcas. Il l'est jusque dans
son nom : Balzac-Marcas, — et si profondément qu'il
n'ose évoquer la figure de ce héros mort à trente-cinq ans
(comme lui-même a cru qu'il mourrait, selon l'aveu de
la lettre à Borget) qu'après avoir passé cet âge : « *Examinez
encore ce nom : Z. Marcas ! Toute la vie de l'homme est
dans l'assemblage fantastique de ces sept lettres. Sept !
Le plus significatif des nombres cabalistiques. L'homme est
mort à trente-cinq ans, ainsi sa vie a été composée de sept
lustres. Marcas ! N'avez-vous pas l'idée de quelque chose
de précieux qui se brise par une chute, avec ou sans bruit ?* »

Il l'est jusque dans certains détails physiques de son portrait :

Sa tête, grosse et forte, qui paraissait contenir les trésors nécessaires à un ambitieux du premier ordre, était comme chargée de pensées ; elle succombait sous le poids d'une douleur morale, mais il n'y avait pas le moindre indice de remords dans ses traits. Quant à sa figure, elle sera comprise par un mot. Selon un système assez populaire, chaque face humaine a de la ressemblance avec un animal. L'animal de Marcas était le lion. Ses cheveux ressemblaient à une crinière, son nez était court, écrasé, large et fendu au bout comme celui d'un lion, il avait le front partagé comme celui d'un lion par un sillon puissant, divisé en deux lobes vigoureux. Enfin ses pommettes velues que la maigreur des joues rendait d'autant plus saillantes, sa bouche énorme et ses joues creuses étaient remuées par des plis d'un dessin fier, et étaient relevées par un coloris plein de tons jaunâtres. Ce visage presque terrible semblait éclairé par deux lumières, deux yeux noirs, mais d'une douceur infinie, calmes, profonds, pleins de pensées.

Il lui prête sa seule pensée politique profonde — l'appel aux énergies :

Vous êtes allés chercher les restes de l'Empire, comme la Restauration avait enrôlé les voltigeurs de Louis XIV. On a pris jusqu'à présent les reculades de la peur et de la lâcheté pour les manœuvres de l'habileté ; mais les dangers viendront et la jeunesse surgira comme en 1790. Elle a fait les belles choses de ce temps-là. En ce moment, vous changez de ministre comme un malade change de place dans son lit. Ces oscillations révèlent la décrépitude de votre gouvernement. Vous avez un système de filouterie politique qui sera retourné contre vous, car la France se lassera de ces escobarderies. La France ne vous dira pas qu'elle est lasse, jamais on ne sait comment on périt, le pourquoi est la tâche de l'historien ; mais vous périrez certes pour ne pas avoir demandé à la jeunesse de la France ses forces et son énergie ; ses dévouements et son ardeur ; pour avoir pris en haine les gens capables, pour ne pas les avoir triés avec amour dans cette belle génération, pour avoir choisi en toute chose la médiocrité.

de Balzac

« *Sa tête, grosse et forte, qui paraissait contenir les trésors néce.*
L'animal de Marcas était le lion. Ses cheveux ressemblaient à une crinièr

ambitieux du premier ordre, était comme chargée de pensées...
ait court, écrasé, large et fendu du bout comme celui d'un lion. » (Z. Marcas.)

« *Une tête superbe : cheveux noirs, mélangés de quelques cheveux blancs... Un front magnifique... Un teint olivâtre marbré de taches rouges, un nez carré, des yeux de feu...* » (Albert Savarus.)

Balzac en 1839 (Lithographie de Julien).

Mais, justement, ce frère en génie est mort pour lui : il est un rédempteur.

Rédempteur, aussi, et plus encore, Savarus. *Albert Savarus*, comme *Z. Marcas*, a été composé en 1840, en ce « *midi de la vie* », où Balzac prévoyant la catastrophe se sent encore supérieur à elle. Il est Savarus dans son personnage physique, tel que l'évoque l'abbé de Grancey :

— *La première fois que je le vis, dit l'abbé de Grancey, il me reçut dans la première pièce après l'antichambre (l'ancien salon du bonhomme Galard) qu'il a fait peindre en vieux chêne, et que j'ai trouvée entièrement tapissée de livres de droit contenus dans des bibliothèques également peintes en vieux bois. Cette peinture et les livres sont tout le luxe, car le mobilier consiste en un bureau de vieux bois sculpté, six vieux fauteuils en tapisserie, aux fenêtres des rideaux couleur carmélite bordés de vert, et un tapis vert sur le plancher. Le poêle de l'antichambre chauffe aussi cette bibliothèque. En l'attendant là, je ne me figurais point mon avocat sous des traits jeunes. Ce singulier cadre est vraiment en harmonie avec la figure, car monsieur Savarus est venu en robe de chambre de mérinos noir, serrée par une ceinture en corde rouge, des pantoufles rouges, un gilet de flanelle rouge, et une calotte rouge.*

— *La livrée du diable ! s'écria madame de Watteville.*

— *Oui, dit l'abbé ; mais une tête superbe : cheveux noirs, mélangés de quelques cheveux blancs, des cheveux comme en ont les saint Pierre et les saint Paul de nos tableaux, à boucles touffues et luisantes, des cheveux durs comme des crins, un cou blanc et rond comme celui d'une femme, un front magnifique séparé par ce sillon puissant que les grands projets, les grandes pensées, les fortes méditations inscrivent au front des grands hommes ; un teint olivâtre, marbré de taches rouges, un nez carré, des yeux de feu, puis les joues creusées, marquées de deux rides longues pleines de souffrances, une bouche à sourire sarde et un petit menton mince et trop court ; la patte d'oie aux tempes, les yeux caves roulant sous des arcades sourcilières comme deux globes ardents ; mais, malgré tous ces indices de passion violente, un air calme, profondément résigné, la voix d'une douceur pénétrante, et qui m'a surpris au Palais par sa facilité, la vraie voix de l'orateur tantôt pure et rusée, tantôt insinuante, et tonnant quand il le faut, puis se pliant au sarcasme, et devenant alors incisive. Monsieur Albert Savarus est de moyenne taille, ni gras ni maigre. Enfin il a des mains de prélat.*

Tel Balzac, il veille « *quand tout le monde dort... comme Dieu !* » A Rodolphe, qui est son double, comme il est lui-même celui de Balzac, il prête son énergie native : « *Dès son enfance, il avait manifesté la plus grande ardeur en toute chose. Chez lui, le désir devint une force supérieure, et le mobile de tout l'être, le stimulant de l'imagination, la raison de ses actions... Rodolphe désirait, comme un poète imagine, comme un savant calcule... il s'élançait avec des violences inouïes et par la pensée vers la chose souhaitée, il dévorait le temps.* » De son créateur, il partage le rêve de l'amour absolu ; comme lui, il est l' « *ambitieux par amour* » — dédiant sa future gloire à celle dont le séparent la naissance et l'espace. Comme lui il lutte — et s'épouvante de l'usure du combat. Mais cette usure qui déjà mine Savarus, le romancier n'en ressent que les premières atteintes ; il croit encore qu'il peut en triompher. Abandonné à la catastrophe, peut-être Savarus détournera-t-il de lui le même destin, écartera-t-il de sa route Rosalie de Watteville. Ce récit, Balzac le lance comme un défi au moment où, après la mort de M. Hanska, s'engage la partie décisive. Impérieuse et pathétique conjuration du destin, comme *Modeste Mignon* en sera une conjuration ironique, — et aussi avertissement pour Ève. Car Balzac avait prévu, lui écrit-il, un autre dénouement au terme duquel ce n'est plus la princesse qui rompt, mais Savarus : « *Je veux montrer comment, en donnant à la vie sociale un but trop vaste, et en fatiguant et le cœur et l'intelligence, on arrive à ne plus vouloir ce qui avait été l'objet de toute la vie au début.* » — Menace qui n'est pas du goût de Mme Hanska. « *C'est une œuvre d'homme* », lui répond-elle.

DÉDOUBLEMENT ET DÉLÉGATION

Non pas des visages, mais bien des masques...

Dans le conte de *Melmoth réconcilié*, Melmoth, qui le tient de Satan, donne au caissier Castanier le don de l'action infaillible et de la connaissance absolue. Castanier, bientôt, s'en épouvante, et cherche à le céder. « *Son salut peut se faire encore, s'il trouve un* remplaçant, *mot technique qui traduit brièvement le sens de cet article secret du pacte.* » (Préface.) Chaque personnage balzacien est ainsi le double de son créateur : il triomphe ou il échoue, il succombe pour détourner le sort.

Tous les personnages ? Du moins, tous les héros. — Dans la Préface au *Cabinet des Antiques*, Balzac distingue des personnages secondaires ceux qu'il appelle les « *personnages épiques* ». On peut inventer les premiers, non les seconds. « *Tout personnage épique est un sentiment habillé... il peut sortir de l'âme. De tels personnages sont en quelque sorte les fantômes de nos vœux, la réalisation de nos espérances.* » Ceux-là seuls sont les doubles du romancier.

Comment le reconnaître sous des masques à ce point contrastés ? C'est qu'il est lui-même plein de contrastes : rappelons-nous la lettre à la duchesse d'Abrantès. S'il a besoin de doubles, c'est d'abord qu'il a besoin, pour se voir et pour être, de se dédoubler.

Son ambiguïté intérieure prend la forme d'une assez visible opposition : on remarquera l'importance et la fréquence de certains couples, de figures contradictoires et associées dont chacune révèle un aspect de lui-même.

lzac par Daumier (présumé).

« *Aussi Lucien commandait-il en femme qui se sait aimée...* »
(Illusions perdues)

« *De tels personnages sont en q*

« *Être seul contre tous...* » (Vautrin).

les fantômes de nos vœux... »

Il est à la fois Minna et Wilfrid : sa part féminine et sa part virile. Et Séraphitus-Séraphita incarne le rêve de ces deux êtres comblés et enfin réunis. Mythe de l'androgyne que retrouve, dans le fantastique du décor quotidien, l'admirable *Fille aux yeux d'or*. De Marsay et celle qu'aux dernières lignes nous reconnaîtrons pour sa sœur *(« Deux Ménechmes ne se seraient pas mieux ressemblé... »)* sont les deux principes d'un même être, et Paquita en est l'impossible réunion. De Marsay, qui porte si souvent les couleurs de Balzac, est ici sa part dominatrice, séductrice, cynique, lucide, à la recherche systématique d'expériences ; Margarita est sa part féminine, son aptitude à se laisser brûler par la passion. Paquita ne peut que mourir, déchirée dans une apothéose orgiaque où l'or se mêle au sang, puisque c'est détruire un rêve que de lui demander l'absolu — la fusion de nos natures séparées. Dans les *Mémoires de deux jeunes mariées*, le couple que forment Louise et Renée reflète la même dualité. Renée, c'est la raison, le choix de la sagesse, de la durée, la domination du destin (et la compensation par l'imaginaire) ; Louise, c'est la folie, l'imagination vivante, la vie indifférente à la durée et à la mort : et toutes deux perdront.

Lucien de Rubempré est sans doute l'image la plus précise que Balzac nous ait laissée de sa tentation féminine ; et il ne cesse de l'affronter à différentes figures où il incarnera sa virilité. Il faut ajouter David à Lucien pour retrouver Balzac :

Lucien avait beaucoup lu, beaucoup comparé ; David avait beaucoup pensé, beaucoup médité. Malgré les apparences d'une santé vigoureuse et rustique, l'imprimeur était un génie mélancolique et maladif, il doutait de lui-même ; tandis que Lucien, doué d'un esprit entreprenant, mais mobile, avait une audace en désaccord avec sa tournure molle, presque débile, mais pleine de grâce féminine. Lucien avait au plus haut degré le caractère gascon, hardi, brave, aventureux, qui s'exagère le bien et amoindrit le mal, qui ne recule point devant une faute s'il y a profit, et qui se moque du vice s'il s'en fait un marchepied. Ses dispositions d'ambitieux étaient alors comprimées par les belles illusions de la jeunesse, par l'ardeur qui le portait vers les nobles moyens que les hommes amoureux de gloire emploient avant

tous les autres. Il n'était encore aux prises qu'avec ses désirs,
et non avec les difficultés de la vie, avec sa propre puissance,
et non avec la lâcheté des hommes, qui est d'un fatal exemple
pour les esprits mobiles. Vivement séduit par le brillant de
l'esprit de Lucien, David l'admirait tout en rectifiant les
erreurs dans lesquelles le jetait la furie française. Cet homme
juste avait un caractère timide en désaccord avec sa forte
constitution, mais il ne manquait point de la persistance
des hommes du Nord. S'il entrevoyait toutes les difficultés,
il se promettait de les vaincre sans se rebuter ; et, s'il avait
la fermeté d'une vertu vraiment apostolique, il la tempérait
par les grâces d'une inépuisable indulgence. Dans cette
amitié déjà vieille, l'un des deux aimait avec idolâtrie, et
c'était David. Aussi Lucien commandait-il en femme qui
se sait aimée. David obéissait avec plaisir. La beauté phy-
sique de son ami comportait une supériorité qu'il acceptait
en se trouvant lourd et commun. (Illusions perdues.)

En Daniel d'Arthez, Lucien retrouve, dans l'ordre qui
est celui de Balzac, un autre correctif viril. Mais c'est en
Vautrin que, se laissant aller à la logique fantastique de
l'imagination, le romancier créera l'hypostase démoniaque
de son aspiration à la puissance. Le couple Lucien-Carlos
sera le dédoublement le plus saisissant et le plus révélateur. Et Balzac l'éprouve sans doute obscurément, qui
définit alors sa théorie du double : « *Trompe-la-mort*
avait réalisé la superstition allemande du double. Par un
phénomène de paternité morale que concevront les femmes qui,
dans leur vie, ont aimé véritablement, qui ont senti leur âme
passer dans celle de l'homme aimé, qui ont vécu de sa vie,
noble ou infâme, heureuse ou malheureuse, obscure ou glorieuse,
qui ont éprouvé, malgré les distances, du mal à leur jambe
s'il s'y faisait une blessure, qui ont senti qu'il se battait en
duel, et qui, pour tout dire en un mot, n'ont pas eu besoin
d'apprendre une infidélité pour le savoir. » (Splendeurs
et Misères des Courtisanes.)

Si Lucien est pour Carlos « *son âme visible* », c'est
d'abord que l'un et l'autre ne font qu'un ; ils se confondent en leur créateur. Lucien : « ... *ambitieux, vicieux, à la*
fois orgueilleux et vaniteux, plein de négligence et souhaitant
l'ordre, un de ces génies incomplets qui ont quelque puis-
sance pour désirer, pour concevoir, ce qui est peut-être
la même chose, mais qui n'ont aucune force pour exécuter.

A eux deux, Lucien et Herrera formaient un politique. »
Et la lettre célèbre que Lucien écrit à Carlos, avant
de nouer autour de son cou féminin la cravate de chanvre,
élève leur opposition à celle des deux races qui partagent
l'humanité. A eux deux, ils sont l'humanité entière — la
totalité avec laquelle Balzac se sent en communication :

*Il y a la postérité de Caïn et celle d'Abel, comme vous
disiez quelquefois. Caïn, dans le grand drame de l'Humanité,
c'est l'opposition. Vous descendez d'Adam par cette ligne
en qui le diable a continué de souffler le feu dont la première
étincelle avait été jetée sur Ève. Parmi les démons de cette
filiation, il s'en trouve, de temps en temps, de terribles, à
organisations vastes, qui résument toutes les forces humaines,
et qui ressemblent à ces fiévreux animaux du désert, dont la
vie exige les espaces immenses qu'ils y trouvent. Ces gens-là
sont dangereux dans la Société comme des lions le seraient
en pleine Normandie ! il leur faut une pâture, ils dévorent
les hommes vulgaires et broutent les écus des niais. Leurs
jeux sont si périlleux qu'ils finissent par tuer l'humble chien
dont ils se sont fait un compagnon, une idole. Quand Dieu
le veut, ces êtres mystérieux sont Moïse, Attila, Charlemagne,
Mahomet ou Napoléon ; mais, quand il laisse rouiller au
fond de l'océan d'une génération ces instruments gigantesques,
ils ne sont plus que Pugatcheff, Robespierre, Louvel et l'Abbé
Carlos Herrera. Doués d'un immense pouvoir sur les âmes
tendres, ils les attirent et les broient. C'est grand, c'est beau
dans son genre. C'est la plante vénéneuse aux riches couleurs
qui fascine les enfants dans les bois. C'est la poésie du mal.*
(Splendeurs et Misères des Courtisanes.)

Car il y a chez Balzac force et faiblesse. Sa faiblesse,
par quoi il se rattache à la postérité d'Abel, c'est d'abord
ce besoin d'une protection maternelle et dominatrice
qui attire l'amant adolescent vers la femme mûre, comme
elle attire Lucien vers Vautrin : besoin d'être soumis,
roulé par une passion impérieuse, goût d'une vie de sensations le préservant des luttes du génie créateur. « *Il y a
en moi plusieurs hommes : le financier, l'artiste, luttant contre
les journaux et le public ; puis l'artiste luttant avec ses travaux et ses sujets ; enfin il y a l'homme de passion qui s'étale
sur un tapis aux pieds d'une fleur, qui en admire les couleurs
et en aspire les parfums.* » (A Zulma, 1837.) Sa faiblesse,

c'est ce qui entre, dans son désir de gloire, de besoin d'être vu, aimé, préféré, ce qu'il y a de dévouement et de soumission dans l'offrande qu'il fait de son génie. C'est une sensibilité qui l'accorde à la femme, et le rend à son égard naturellement divinateur : goût du décor, du luxe, du bibelot, de l'étoffe, de la fleur, du paysage doux et harmonieux — et jusqu'à ce goût conventionnel de l'amour sous les tonnelles et au clair de lune où Montherlant pourrait à bon droit découvrir une âme de « midinette ». C'est le désir de la jouissance passive qui l'oppose à cette terrible lutte avec l'ange sous laquelle il gémit ; ce qui, en lui, veut vivre et simplement durer. C'est aussi le mimétisme, la servilité qui lui fait emprunter à Mme de Castries ses idées politiques, accentuer son spiritualisme pour plaire à Ève, l'obéissance aux sollicitations dont se plaint Zulma Carraud, l'acceptation de certaines compromissions et de travaux indignes de lui : la vénalité et la complaisance de Lucien, le côté *catin* dont l'artiste, à l'en croire, n'est jamais exempt *(Des Artistes)*. Faiblesse et féminité, en lui, son désir de compter parmi « *les gens comme il faut* », son respect des supériorités sociales et, en un sens, jusqu'à son goût des « *vérités éternelles* », d'un ordre voulu par Dieu. Faiblesse, aussi, sa candeur, sa maladresse dans les affaires, son destin de vaincu. Écoutons-le commenter pour Mme Hanska le portrait que Boulanger vient de faire : « *Boulanger a vu l'écrivain, et non la tendresse de l'imbécile que l'on attrapera toujours, et non la mollesse devant la douleur d'autrui qui fait que tous mes malheurs viennent d'avoir tendu la main à des faibles qui tombaient dans l'ornière du malheur...* »

Telle est la part d'Abel... Celle de Caïn est autrement profonde, et nul ne lui ressemble plus que ce Vautrin qu'il a désavoué. Il appartient à la race de la révolte, du combat, de la domination. En amour, besoin de séduire et de conquérir, par quoi il venge l'humiliation enfantine ; volonté de créer la femme de son désir, et de la posséder absolument en l'enfermant dans sa propre gloire, comme dans l'hôtel de la rue Fortunée ; ambition de la gloire non point pour être aimé, mais pour être seul, sur un sommet inaccessible ; goût de la puissance la plus dépouillée qui soit de toute satisfaction d'amour-propre — de la puissance clandestine, invisible, réduite à un sentiment intérieur de possession : celle de l'espion, du chef de société secrète, de Dieu ; inlassable ardeur au travail, par-delà tous les moments de lassitude, sacrifice de ses jours au combat solitaire de ses nuits, volonté de suivre inflexiblement la ligne tracée, aptitude initiale à la décision, au parti-pris personnel et au système, passion de la connaissance préférée aux émotions des sens, « *pente entraînante d'un esprit métaphysique...* » C'est aussi la dureté, le regard détaché jeté sur la mêlée des vaincus ; le sens de l'espoir et de l'avenir, plus fort que le sentiment du présent ; l'exercice de la puissance préféré à la durée de la jouissance. C'est le besoin de vaincre et d'affronter qui le rend complice, lui, le traditionaliste, le « rétrograde », de l'ambitieux et du rebelle, de Rastignac et de Vautrin, et qui fait de son mysticisme un rapt de puissance, non une soumission. « *Être seul contre tous* », « *une stupide obéissance ou la révolte* » : Vautrin parle à Rastignac. Et Balzac : « *Je fais partie de l'opposition qui s'appelle la vie.* » (A Laure Surville, avril 1849.)

Sans doute un homme est-il tout ce qu'il porte, ignore ou connaît de lui-même. Il est surtout ce qu'il choisit. C'est Vautrin qui montre ses vraies couleurs, non Lucien. Se révélant dans le dédoublement de certains couples, il ne se définit vraiment que dans ces héros privilégiés — ceux-là seuls sont ses véritables doubles — qui vivent comme il a vécu en écrivant *La Comédie Humaine* : préférant la mort dans la puissance à la vie hors de la puissance, choisissant contre leur propre vie la domination d'un être qui vit et agit à leur place comme par *délégation*. Rien ne nous conduit plus avant dans le secret de l'œuvre et dans son énigmatique jonction à la personnalité, que le thème obsédant de la paternité charnelle ou spirituelle, qui n'est autre que celui de la puissance créatrice préférée à la vie.

Le Père Goriot est tout entier construit sur ce mythe de la paternité, comme si le premier roman véritablement balzacien par la technique, découvrait aussi le thème le plus profond. Paternité selon la chair : les filles du bonhomme vivent à sa place (et finalement le tuent) ; il les crée et les dirige dans l'existence comme Dieu l'univers. « *Un Père est avec ses enfants comme Dieu est avec nous...* »

... Ma vie, à moi, est dans mes deux filles. Si elles s'amusent,

si elles sont heureuses, bravement mises, si elles marchent
sur des tapis, qu'importe de quel drap je suis vêtu, et comment
est l'endroit où je me couche ? Je n'ai point froid si elles
ont chaud, je ne m'ennuie jamais si elles rient. Je n'ai
de chagrins que les leurs. Quand vous serez père, quand
vous vous direz, en oyant gazouiller vos enfants :
« C'est sorti de moi » que vous sentirez ces petites créatures
tenir à chaque goutte de votre sang, dont elles ont été la
fine fleur, car c'est ça ! vous vous croirez attaché à leur peau,
vous croirez être agité vous-même par leur marche. Leur
voix me répond partout. Un regard d'elles, quand il est triste,
me fige le sang. Un jour vous saurez que l'on est bien plus
heureux de leur bonheur que du sien propre. Je ne peux pas
vous expliquer ça : c'est des mouvements intérieurs qui ré-
pandent l'aise partout. Enfin, je vis trois fois. Voulez-vous
que je vous dise une drôle de chose ? Eh ! bien, quand j'ai
été père, j'ai compris Dieu. Il est tout entier partout, puisque
la création est sortie de lui. Monsieur, je suis ainsi avec
mes filles. Seulement j'aime mieux mes filles que Dieu n'aime
le monde, parce que le monde n'est pas si beau que Dieu, et
que mes filles sont plus belles que moi.

Et quand sa création lui échappe, il voit qu'il n'est pas
Dieu : « *Je voudrais être Dieu...* »

A quoi répond la paternité morale que Vautrin propose
à Rastignac : « *Moi, je me charge du rôle de la Providence...* »
et qu'il offrira plus tard à Lucien : « *Je veux aimer ma créa-*
ture, la façonner, la pétrir à mon usage, afin de l'aimer
comme un père aime son enfant. Je roulerai dans ton tilbury,
mon garçon, je me réjouirai de ton succès auprès des femmes,
je dirai : « Ce beau jeune homme, c'est moi ! Ce marquis de
Rubempré, je l'ai créé et mis au monde aristocratique ; sa
grandeur est mon œuvre, il se tait ou parle à ma voix, il me
consulte en tout... »

« *Je suis l'auteur, tu seras le drame.* »

Lucien n'est pas son double, mais sa créature :

Contraint à vivre en dehors du monde où la loi lui inter-
disait à jamais de rentrer, épuisé par le vice et par de furieuses,
par de terribles résistances, mais doué d'une force d'âme qui
le rongeait, ce personnage ignoble et grand, obscur et célèbre,
dévoré surtout d'une fièvre de vie, revivait dans le corps
élégant de Lucien dont l'âme était devenue la sienne. Il se

faisait représenter dans la vie sociale par ce poète, auquel il donnait sa consistance et sa volonté de fer. *Pour lui, Lucien était plus qu'un fils, plus qu'une femme aimée, plus qu'une famille, plus que sa vie, il était sa vengeance ; aussi, comme les âmes fortes tiennent plus à un sentiment qu'à l'existence, se l'était-il attaché par des liens indissolubles.* (Splendeurs et Misères des Courtisanes.)

Dans la pièce qu'il a tirée du roman, *Vautrin*, Balzac reprend le thème : « *Raoul de Frescas est un jeune homme resté pur comme un ange au milieu de notre bourbier ; il est notre conscience ; enfin, c'est ma création. Je suis à la fois son père, sa mère, et je veux être sa Providence. J'aime à faire des heureux, moi qui ne peux plus l'être. Je respire par sa bouche, je vis de sa vie, ses passions sont les miennes* ». (Acte III, scène 3.)

Que ce thème domine le cycle central de Vautrin, c'est en dire assez l'importance. Mais il est partout dans l'œuvre. Dans les *Mémoires de deux jeunes mariées*, c'est Renée disant à Louise : « *Tu seras, ma chère Louise, la partie romanesque de mon existence. Aussi raconte-moi bien tes aventures, peins-moi les bals, les fêtes, dis-moi comment tu t'habilles, quelles fleurs couronnent tes beaux cheveux blonds, et les paroles des hommes et leurs façons. Tu seras deux à écouter, à danser, à sentir le bout de tes doigts pressés...* » Inversement, c'est le duc de Soria, écrivant au Baron de Macumer : « *Aussi serai-je toujours devant toi ce qu'est une créature devant le créateur.* » C'est Margarita voulant faire de la fille aux yeux d'or sa créature, Savarus emprisonnant dans la gloire sa princesse italienne, Octave devenant la providence d'Honorine : « *Ah ! si je ne sentais pas en moi toutes les facultés nobles de l'homme satisfaites, heureuses, épanouies ; si les éléments de mon rôle n'appartenaient pas à la paternité divine...* » C'est Ferragus protégeant dans l'ombre sa fille, Thaddée servant Clémentine :

Avoir la certitude d'être la cheville ouvrière de la splendeur de cette maison, voir Clémentine descendant de voiture au retour d'une fête ou partant le matin pour le Bois, la rencontrer sur les boulevards dans sa jolie voiture, comme une fleur dans sa coque de feuilles, inspirait au pauvre Thaddée des voluptés mystérieuses et pleines qui s'épanouissaient au fond de son cœur, sans que jamais la moindre trace en parût sur son visage. *Comment, depuis cinq mois, la comtesse eût-elle aperçu le capitaine ? Il se cachait d'elle en dérobant le soin qu'il mettait à l'éviter. Rien ne ressemble plus à l'amour divin que l'amour sans espoir. Un homme ne doit-il pas avoir une certaine profondeur dans le cœur pour se dévouer dans le silence et dans l'obscurité ? Cette profondeur, où se tapit un orgueil de père et de Dieu, contient le culte de l'amour pour l'amour comme le pouvoir pour le pouvoir fut le mot de la vie des Jésuites, avarice sublime en ce qu'elle est constamment généreuse et modelée enfin sur la mystérieuse existence des principes du monde. L'Effet, n'est-ce pas la Nature ? et la Nature est enchanteresse, elle appartient à l'homme, au poète, au peintre, à l'amant ; mais la Cause n'est-elle pas, aux yeux de quelques âmes privilégiées, et pour certains penseurs gigantesques, supérieure à la Nature ? La Cause, c'est Dieu. Dans cette sphère des causes vivent les Newton, les Laplace, les Kepler, les Descartes, les Malebranche, les Spinoza, les Buffon, les vrais poètes et les solitaires du second âge chrétien, les sainte Thérèse de l'Espagne et les sublimes extatiques. Chaque sentiment humain comporte des analogies avec cette situation où l'esprit abandonne l'Effet pour la Cause, et Thaddée avait atteint à cette hauteur où tout change d'aspect. En proie à des joies de créateur indicibles, Thaddée était en amour ce que nous connaissons de plus grand dans les fastes du génie.* (La Fausse Maîtresse.)

C'est Brigitte marquant Céleste de sa griffe : « *Brigitte était bien le couteau qui devait entrer dans cette nature sans défense... Une fois qu'elle aperçut les meurtrissures faites par le collier au cou de sa victime, elle en eut soin comme d'une chose à elle... Brigitte aimait Céleste autant que Céleste aimait Brigitte.* » (Les Petits Bourgeois.)

Benassis, lui aussi, est attaché aux malades et aux pauvres comme à ses créatures ; et Popinot. Et pour que Véronique Graslin se détache de ses abîmes et donne une pâture à « *la dévorante activité de son âme* », elle doit entendre ce mot : « *exercer la bienfaisance, c'est se faire le destin* ».

Dans *La Cousine Bette*, le dernier chef-d'œuvre, réapparaît dans toute son ampleur le thème introduit par *Goriot*. Bette est la réincarnation femelle de Vautrin. Comme Vautrin en Rastignac, elle a d'abord cherché dans le

Madame Marneffe et Lisbeth.

jeune sculpteur une créature sur laquelle écrire « *sa puissance à coups de hache* ». - « *Mademoiselle Fischer prit ainsi sur cette âme un empire absolu. L'amour de la domination resté dans son cœur de vieille fille à l'état de germe, se développa rapidement. Elle put satisfaire son orgueil et son besoin d'action : n'avait-elle pas une créature à elle ?* » Mais Wenceslas se dérobe. Lucien, pour elle, s'appellera Valérie Marneffe. Et au thème majeur de la possession se mêle ici, selon les couleurs érotiques du livre, le thème plus trouble de la jouissance par personne interposée, le motif du *voyeur* :

Lisbeth, étrangement émue de cette vie de courtisane, conseillait Valérie en tout, et poursuivait le cours de ses vengeances avec une impitoyable logique. Elle adorait d'ailleurs Valérie, elle en avait fait sa fille, son amie, son amour : elle trouvait en elle l'obéissance des créoles, la mollesse de la voluptueuse ; elle babillait avec elle tous les matins avec bien plus de plaisir qu'avec Wenceslas, elles pouvaient rire de leurs communes malices, de la sottise des hommes, et recompter ensemble les intérêts grossissants de leurs trésors respectifs. Lisbeth avait d'ailleurs rencontré, dans son entreprise et dans son amitié nouvelle, une pâture à son activité bien autrement abondante que dans son amour insensé pour Wenceslas. Les jouissances de la haine satisfaite sont les plus ardentes, les plus fortes au cœur. L'amour est en quelque sorte l'or, et la haine est le fer de cette mine à sentiments qui gît en nous. Enfin Valérie offrait dans toute sa gloire, à Lisbeth, cette beauté qu'elle adorait, comme on adore tout ce qu'on ne possède pas, beauté bien plus maniable que celle de Wenceslas, qui, pour elle, avait toujours été froid et insensible.

Quel est le sens de cette délégation ? Quand, pour la première fois, Herrera s'explique devant Lucien, il met l'accent sur le désir d'échapper à la solitude. « *L'homme a horreur de la solitude... La première pensée de l'homme, qu'il soit lépreux ou forçat, infâme ou malade, est d'avoir un complice de sa destinée. A satisfaire ce sentiment, qui est la vie même, il emploie toutes ses forces, toute sa puissance, la verve de sa vie. Sans ce désir souverain, Satan aurait-il pu trouver des compagnons ?* » En son nom personnel, Balzac prononce des paroles analogues : « *Il faut que les*

*le put satisfaire son orgueil et son besoin
tion : n'avait-elle pas une créature à elle ? »*
cousine Bette.)

autres existences concourent à la mienne. » Et l'on sait
à quel point il vécut dans la société fictive des êtres créés
par lui ; chacun connaît les mots fameux — vérité ou
légende : « *Revenons à la réalité : parlons d'Eugénie
Grandet* », « *Appelez Bianchon ! lui seul me sauvera.* »
Mais ses personnages sont moins ses complices que ses
créatures, moins ses compagnons que ses enfants. « *Il
faut que je rapporte mes pensées, mes efforts, tous mes sentiments à un être qui ne soit pas moi.* » (A Mme Hanska ;
octobre 1836.) La passion du dévouement l'emporte
ici sur la peur de la solitude, et se confond avec celle de
la création.

Balzac voit dans ses personnages le plus clair symbole
de son génie. *La Comédie Humaine* n'a pris corps qu'avec
l'idée de leur retour ; l'imagination va du personnage au
récit plus que du récit au personnage : la puissance d'appeler à la vie des êtres de fiction rapproche le romancier
de Dieu. Si, selon le mot profond d'Albert Thibaudet,
La Comédie Humaine est l'imitation de Dieu le Père,
c'est le personnage qui témoigne de cette analogie. La
préface de *Ferragus* évoque « *ce sentiment analogue à
celui dont Macpherson était sans doute agité quand le nom
d'Ossian, sa créature, retentissait dans tous les langages.
Et c'était, certes, pour l'avocat écossais, une des sensations
les plus vives, ou les plus rares du moins, que l'homme puisse
se donner. N'est-ce pas l'incognito du génie ? Écrire l'*Itinéraire de Paris à Jérusalem, *c'est prendre sa part dans la
gloire humaine d'un siècle ; mais faire croire à la vie de
René, de Clarisse Harlowe, n'est-ce pas usurper sur Dieu ?* »
— « *Le vrai poète,* dit un personnage de Modeste Mignon,
*doit rester caché comme Dieu, dans le centre de ses mondes,
n'être visible que par ses créations...* »

Entre tous les éléments de l'œuvre, le personnage représente l'extrême pointe de la création. Les héros de la
Comédie Humaine commencent bientôt une ronde fantastique dont l'auteur est exclu. La création n'est véritable que là où le poète « *usurpe sur Dieu* », où la paternité
spirituelle reproduit la génération physique ; le souhait de
cette usurpation surhumaine se cache sous le mythe de la
paternité. *L'Enfant maudit, Un drame au bord de la mer,
El Verdugo, L'Élixir de longue vie, Le Médecin de campagne, La Femme de trente ans,* reprennent sous diverses
formes le thème de la filiation selon la chair qui est celui

de *Goriot*, et découvrent l'obsession de l'infanticide et du parricide... Balzac eut un enfant de Mme Hanska, et la mort de cet enfant lui a arraché son cri de désespoir le plus profond peut-être : « *Voici huit jours que le désespoir et le chagrin sont entrés dans mon âme, dans mon cœur et dans mon pauvre cerveau ! Dieu seul sait quels ravages ils y ont fait, moi qui n'existe que par l'espoir, et qui suis un phénomène d'espérance. Rien ne m'occupe, rien ne me distrait, rien ne m'attache plus. Je ne croyais pas que je pusse tant aimer un commencement d'être !* » (8 déc. 1846.)

Comme l'enfant, la créature prolonge la vie du générateur, et ce mystérieux espoir qui s'affronte au sentiment du destin : au moment où elle se libère de son créateur, elle recule l'avenir. Mais elle est avant tout le symbole d'une puissance génératrice qui est la seule justification de l'existence. Le mythe de la paternité s'identifie à celui de la fécondité, et il est visible que tous les thèmes bénéfiques de l'œuvre se rattachent à la fécondité, comme à la stérilité tous les thèmes maléfiques. Goût de la chair, de la femme mûre, de la prostituée passionnée, de la famille, de la prodigalité sous toutes ses formes (luxe, débauche), acharnement créateur, exaltation de la « féconde maternité » d'un génie que le vulgaire seul peut confondre avec l'égoïsme, car :

... Permis au vulgaire, et non à vous, de prendre les effets du travail pour un développement de la personnalité. Ni Lord Byron, ni Gœthe, ni Walter Scott, ni Cuvier, ni l'inventeur, ne s'appartiennent, ils sont les esclaves de leur idée ; et cette puissance mystérieuse est plus jalouse qu'une femme, elle les absorbe, elle les fait vivre et les tue à son profit. Les développements visibles de cette existence cachée ressemblent en résultat à l'égoïsme ; mais comment oser dire que l'homme qui s'est vendu au plaisir, à l'instruction ou à la grandeur de son époque, est égoïste ? Une mère est-elle atteinte de personnalité quand elle immole tout à son enfant ?... Eh ! bien, les détracteurs du génie ne voient pas sa féconde maternité ! voilà tout. La vie du poète est un si continuel sacrifice qu'il lui faut une organisation gigantesque pour pouvoir se livrer aux plaisirs d'une vie ordinaire ; aussi, dans quels malheurs ne tombe-t-il pas, quand, à l'exemple de Molière, il veut vivre de la vie des sentiments, tout en les exprimant dans leurs plus poignantes crises ;

car, pour moi, superposé à sa vie privée, le comique de Molière est horrible. La générosité du génie me semble quasi divine, et je vous ai placé dans cette noble famille de prétendus égoïstes... (Modeste Mignon.)

Autant de motifs bénéfiques. Ce même goût de la fécondité décide du rapport avec les réalités cosmiques. L'eau et la fleur sont les symboles privilégiés. Dans la mer, il y a la palpitation de la vie universelle : « *Il avait fini par deviner dans les mouvements de la mer sa liaison intime avec les rouages célestes, et il entrevit la nature dans son harmonieux ensemble* ». (L'Enfant maudit.) Le même principe de vie, la même équivalence de l'élan intérieur apparaissent dans la fleur : « *Quand il fait beau, que les fleurs sentent bon, que je suis là-bas sur mon banc, sous les chèvrefeuilles et les jasmins, il s'élève en moi comme des vagues qui se brisent contre mon immobilité... Je suis comme heureuse en reconnaissant ce qui se passe en moi-même.* » (Ibid.) La fleur a la moiteur et l'humidité de la vie : « *Avez-vous senti dans les prairies, au mois de mai, ce parfum qui communique à tous les êtres l'ivresse de la fécondation ?* » (Le Lys dans la Vallée.) L'exaltation et le rêve sont toujours liés à un paysage humide, à l'alliance du végétal et de l'eau, à quelque lac de Suisse ou d'Italie, à quelque Touraine, à cette « *longue nappe d'eau capricieuse, changeante* » que regardent au temps de leur bonheur Mme de Beauséant et Gaston de Nueil, ou encore à cette brise de moite fertilité qui baigne la Grenadière :

En aucun lieu du monde vous ne rencontreriez une demeure tout à la fois si modeste et si grande, si riche en fructifications, en parfums, en points de vue. Elle est, au cœur de la Touraine, une petite Touraine où toutes les fleurs, tous les fruits, toutes les beautés de ce pays sont complètement représentés. Ce sont les raisins de chaque contrée, les figues, les pêches, les poires de toutes les espèces, et des melons en plein champ aussi bien que la réglisse, les genêts d'Espagne, les lauriers-roses de l'Italie et les jasmins des Açores. La Loire est à vos pieds. Vous la dominez d'une terrasse élevée de trente toises au-dessus des eaux capricieuses ; le soir vous respirez ses brises venues fraîches de la mer et parfumées dans leur route par les fleurs des longues levées. Un nuage errant qui, à chaque pas dans l'espace, change de couleur et de forme, sous un ciel parfaitement bleu, donne mille aspects nouveaux à chaque détail des paysages magnifiques qui s'offrent aux regards, en quelque endroit que vous vous placiez. De là, les yeux embrassent d'abord la rive gauche de la Loire depuis Amboise ; la fertile plaine où s'élèvent Tours, ses faubourgs, ses fabriques, le Plessis ; puis une partie de la rive gauche qui, depuis Vouvray jusqu'à Saint-Symphorien, décrit un demi-cercle de rochers pleins de joyeux vignobles. La vue n'est bornée que par les riches coteaux du Cher, horizon bleuâtre, chargé de parcs et de châteaux. Enfin, à l'Ouest, l'âme se perd dans le fleuve immense sur lequel naviguent à toute heure les bateaux à voiles blanches enflées par les vents qui règnent presque toujours dans ce vaste bassin...

Dans *Le Curé de village*, c'est l'eau — réalité ambiguë, image physique de l'âme — qui est le symbole de la résurrection d'un pays et du rachat d'une destinée :

Vous voyez les sillons de trois vallées, dont les eaux se perdent dans le torrent du Gabou. Ce torrent sépare la forêt de Montégnac de la Commune qui, de ce côté, touche à la nôtre. A sec en septembre et octobre, en novembre il donne beaucoup d'eau. Son eau, dont la masse serait facilement augmentée par des travaux dans la forêt, afin de ne rien laisser perdre et de réunir les plus petites sources, cette eau ne sert à rien ; mais faites entre les deux collines du torrent un ou deux barrages pour la retenir, pour la conserver, comme a fait Riquet à St-Ferréol, où l'on pratiqua d'immenses réservoirs pour alimenter le canal du Languedoc, vous allez fertiliser cette plaine inculte avec l'eau sagement distribuée dans des rigoles maintenues par des vannes, laquelle se boirait en temps utile dans ces terres, et dont le trop-plein serait d'ailleurs dirigé vers notre petite rivière. Vous aurez de beaux peupliers le long de tous vos canaux, et vous élèverez des bestiaux dans les plus belles prairies possibles. Qu'est-ce que l'herbe ? Du soleil et de l'eau. Il y a bien assez de terre dans ces plaines pour les racines du gramen ; les eaux fourniront des rosées qui féconderont le sol, les peupliers s'en nourriront, et arrêteront les brouillards, dont les principes seront pompés par toutes les plantes : tels sont les secrets de la belle végétation dans les vallées. Vous verrez un jour la vie, la joie, le mouvement, là où règne le silence, là où le regard s'attriste de l'infécondité.

Thèmes maléfiques, en revanche, la stérilité sous toutes ses formes : la jeune fille, le célibataire, « *ce bourdon de la ruche* », l'eunuque (dans *Sarrasine*, l'inoubliable Zambinella), l'avare, le thésaurisateur (« *thésauriser est un crime social* »), le paresseux, l'artiste sans puissance créatrice, le juge, peut-être même le prêtre (le chanoine Troubert est l'une des figurations les plus évidentes du Mal), les paysages secs et minéraux, la chaleur. (« *J'ai beaucoup souffert dans mon voyage, surtout du climat,* écrit-il d'Italie en mai 1838. *C'est une chaleur qui relâche toutes les fibres, et qui rend incapable de quoi que ce soit. Je me surprends à désirer nos nuages et nos pluies françaises ; la chaleur ne va qu'aux faibles.* ») Aux paysages du bonheur — arbres et eau — répond ce paysage du désespoir — soleil et pierres : « *Il fut réveillé par le soleil, dont les impitoyables rayons, tombant d'aplomb sur le granit, y produisaient une chaleur intolérable... Le plus affreux désespoir fondit sur son âme. Il voyait un océan sans bornes. Les sables noirâtres du désert s'étendaient à perte de vue dans toutes les directions, et ils étincelaient comme une lame d'acier frappée par une vive lumière. Il ne savait pas si c'était une mer de glaces ou des lacs unis comme un miroir. Emportée par lames, une vapeur de feu tourbillonnait au-dessus de cette terre mouvante. Le ciel avait un éclat oriental d'une pureté désespérante, car il ne laisse alors rien à désirer à l'imagination. Le ciel et la terre étaient en feu.* » (Une passion dans le désert.)

Affirmation de la fécondité créatrice, le personnage représente aussi la vie par délégation. Car Balzac veut la durée avec la puissance : jeté dès le début vers les entreprises de la domination, il n'abandonne pas ce rêve de longévité, d'économie des forces vitales, que son père connut avant lui. Or, en même temps qu'il conçoit un projet dont la totalité rassemble toutes les contradictions de son être, il le sait voué à l'échec : tout le long de son œuvre, l'espoir et le destin sont d'inséparables compagnons. « *En un mot, tuer les sentiments pour vivre vieux, ou mourir jeune en acceptant le martyre des passions.* » (La Peau de Chagrin.) « *Quelle est la fin de l'homme, du moment où celui qui ne désire rien, qui vit sous la forme d'une plante, existe cent ans, tandis que l'artiste créateur doit mourir jeune ?* » La pensée tue le penseur : c'est le mythe de *Lambert*, de *La Peau de Chagrin*, — et pensée, c'est toute passion. L'affirmation de la vie détruit la vie.

Je voulais vous dire un secret, le voici : la pensée est plus puissante que ne l'est le corps, elle le mange, l'absorbe et le détruit ; la pensée est le plus violent de tous les agents de destruction, elle est le véritable ange exterminateur de l'humanité, qu'elle tue et vivifie, car elle vivifie et tue. Mes expériences ont été faites à plusieurs reprises pour résoudre ce problème, et je suis convaincu que la durée de la vie est en raison de la force que l'individu peut opposer à la pensée ; le point d'appui est le tempérament. Les hommes qui, malgré l'exercice de la pensée, sont arrivés à un grand âge, auraient vécu trois fois plus longtemps en n'usant pas de cette force homicide ; la vie est un feu qu'il faut couvrir de cendres. Penser, mon enfant, c'est ajouter de la flamme au feu. La plupart des individus qui ont dépassé cent ans s'étaient livrés à des travaux manuels et pensaient peu. Savez-vous ce que j'entends par pensée ? Les passions, les vices, les occupations extrêmes, les douleurs, les plaisirs sont des torrents de pensée. Réunissez sur un point donné quelques idées violentes, un homme est tué par elles comme s'il recevait un coup de poignard... (Les Martyrs ignorés.)

C'est ce qu'explique Félix Davin dans l'Introduction de 1834 aux *Études Philosophiques :* « Pour nous, il est évident que M. de Balzac considère la pensée comme la cause la plus vive de la désorganisation de l'homme, conséquemment de la société. Il croit que toutes les idées, conséquemment tous les sentiments, sont des dissolvants plus ou moins actifs. Les instincts, violemment surexcités par les combinaisons factices que créent les idées sociales, peuvent, selon lui, produire en l'homme des foudroiements brusques ou le faire tomber dans un affaissement successif et pareil à la mort ; il croit que la pensée, augmentée de la force passagère que lui prête la passion, et telle que la société la fait, devient nécessairement pour l'homme un poison, un poignard. »

Balzac se convaincra chaque jour davantage que la création de l'œuvre est la plus prodigieuse dilapidation de forces. Mais tout se passe comme s'il avait d'abord espéré posséder la vie sans donner sa vie pour rançon. N'oublions pas que la volonté de l'œuvre, ici, n'est pas première. Balzac est d'abord ce Raphaël qui attend du talisman des jouissances effrénées. Ce n'est pas l'œuvre qui tue Raphaël, c'est la vie. Mais alors, s'il eût continué, pauvre et chaste, à écrire le *Traité de la Volonté*, l'*Essai sur les forces humaines* ? S'il eût chargé des créatures imaginaires de vivre à sa place, en son nom ? Tout se passe comme si l'œuvre apparaissait comme un moyen terme entre la volonté de jouir et la volonté de durer. L'œuvre n'est-elle pas passion, création, affirmation intense, et calme plaisir, économie des forces, vie préservée ? Le rapport de délégation, qui unit entre eux tant de personnages balzaciens, les unit à leur tour à leur créateur. Ils en sont les délégués dans une existence dont il va jouir à travers eux et dont ils lui épargneront l'usure. A mi-chemin de la vie éteinte, de la vie morte, celle de Raphaël dans le village de montagne, de la vie végétative de la Fosseuse, de l'immobile temps provincial, et de l'existence haletante des chercheurs de gloire, de jouissances ou d'absolu, n'y a-t-il pas la vie par imagination ? Tentative de conciliation qui prend la forme de l'apologie du Savoir — possession imaginaire de toute chose — dans le grand monologue de l'antiquaire qui ouvre *La Peau de Chagrin* :

Je vais vous révéler en peu de mots un grand mystère de la vie humaine. L'homme s'épuise par deux actes instinctivement accomplis qui tarissent les sources de son existence. Deux verbes expriment toutes les formes que prennent ces deux causes de mort : VOULOIR et POUVOIR. Entre ces deux termes de l'action humaine, il est une autre formule dont s'emparent les sages, et je lui dois le bonheur et ma longévité. Vouloir nous brûle et Pouvoir nous détruit ; mais SAVOIR laisse notre faible organisation dans un perpétuel état de calme. Ainsi le désir ou le vouloir est mort en moi, tué par la pensée ; le mouvement ou le pouvoir s'est résolu par le jeu naturel de mes organes. En deux mots, j'ai placé ma vie, non dans le cœur qui se brise, non dans les sens qui s'émoussent, mais dans le cerveau qui ne s'use pas et qui survit à tout. Rien d'excessif n'a froissé ni mon âme ni mon corps. Cependant j'ai vu le monde entier. Mes pieds ont foulé les plus hautes montagnes de l'Asie et de l'Amérique, j'ai appris tous les langages humains, et j'ai vécu sous tous les régimes. J'ai prêté mon argent à un Chinois en prenant pour gage le corps de son père, j'ai dormi sous la tente de

L'antiquaire : « Vouloir *nous br* pouvoir *nous détruit : mais* savoir *notre faible organisation dans un tuel état de calme...* » (La peau de ch

l'Arabe sur la foi de sa parole, j'ai signé des contrats dans toutes les capitales européennes, et j'ai laissé sans crainte mon or dans le wigham des sauvages, enfin j'ai tout obtenu parce que j'ai tout su dédaigner. Ma seule ambition a été de voir. Voir n'est-ce pas savoir ? Oh ! savoir, jeune homme, n'est-ce pas jouir intuitivement ? N'est-ce pas découvrir la substance même du fait et s'en emparer essentiellement ? Que reste-t-il d'une possession matérielle ? Une idée. Jugez alors combien doit être belle la vie d'un homme qui, pouvant empreindre toutes les réalités dans sa pensée, transporte en son âme les sources de bonheur, en extrait mille voluptés idéales dépouillées des souillures terrestres. La pensée est la clef de tous les trésors ; elle procure les joies de l'avare sans en donner les soucis. Aussi ai-je plané sur le monde, où mes plaisirs ont toujours été les jouissances intellectuelles. Mes débauches étaient la contemplation des mers, des peuples, des forêts, des montagnes ! J'ai tout vu, mais tranquillement, sans fatigue ; je n'ai jamais rien désiré, j'ai tout attendu. Je me suis promené dans l'univers comme dans le jardin d'une habitation qui m'appartenait. Ce que les hommes appellent chagrins, amours, ambitions, revers, tristesse, sont pour moi des idées que je change en rêveries ; au lieu de les sentir, je les exprime, je les traduis ; au lieu de leur laisser dévorer ma vie, je les dramatise, je les développe, je m'en amuse comme de romans que je lirais par une vision intérieure. N'ayant jamais lassé mes organes, je jouis encore d'une santé robuste. Mon âme ayant hérité de toute la force dont je n'abusais pas, cette tête est encore mieux meublée que ne le sont mes magasins. Là, dit-il en se frappant le front, là sont les vrais millions. Je passe des journées délicieuses en jetant un regard intelligent dans le passé, j'évoque des pays entiers, des sites, des vues de l'Océan, des figures historiquement belles ! J'ai un sérail imaginaire où je possède toutes les femmes que je n'ai pas eues. Je revois souvent vos guerres, vos révolutions, et je les juge. Oh ! comment préférer de fébriles, de légères admirations pour quelques chairs plus ou moins colorées, pour des formes plus ou moins rondes ! Comment préférer tous les désastres de vos volontés trompées à la faculté sublime de faire comparaître en soi l'univers, au plaisir immense de se mouvoir sans être garrotté par les liens du temps ni par les entraves de l'espace, au plaisir de tout embrasser, de tout voir, de se pencher sur le bord du monde pour interroger les autres sphères, pour écouter Dieu ! Ceci, dit-il d'une voix éclatante en montrant la *Peau de Chagrin*, est le pouvoir et le vouloir *réunis. Là sont vos idées sociales, vos désirs excessifs, vos intempérances, vos joies qui tuent, vos douleurs qui font trop vivre ; car le mal n'est peut-être qu'un violent plaisir. Qui pourrait déterminer le point où la volupté devient un mal et celui où le mal est encore la volupté ? Les plus vives lumières du monde idéal ne caressent-elles pas la vue, tandis que les plus douces ténèbres du monde physique la blessent toujours ? Le mot de Sagesse ne vient-il pas de savoir ? Et qu'est-ce que la folie, sinon l'excès d'un vouloir ou d'un pouvoir ?*

A la voix du vieil antiquaire s'accorde celle de l'usurier. L'or glorifié par Gobseck est le symbole d'une puissance soustraite à l'usure. Pouvoir d'agir sur chaque destinée humaine, de la voir et de la modeler : pouvoir de Dieu, pouvoir de romancier.

Si vous aviez vécu autant que moi vous sauriez qu'il n'est qu'une seule chose matérielle dont la valeur soit assez certaine pour qu'un homme s'en occupe. Cette chose... c'est l'OR. L'or représente toutes les forces humaines. J'ai voyagé, j'ai vu qu'il y avait partout des plaines et des montagnes : les plaines ennuient, les montagnes fatiguent ; les lieux ne signifient donc rien. Quant aux mœurs, l'homme est le même partout : partout le combat entre le pauvre et le riche est établi, partout il est inévitable ; il vaut donc mieux être l'exploitant que d'être l'exploité ; partout il se rencontre des gens musculeux qui travaillent et des gens lymphatiques qui se tourmentent ; partout les plaisirs sont les mêmes, car partout les sens s'épuisent, et il ne leur survit qu'un seul sentiment, la vanité ! La vanité, c'est toujours le moi. La vanité ne se satisfait que par des flots d'or. Nos fantaisies veulent du temps, des moyens physiques ou des soins ! Eh ! bien, l'or contient tout en germe, et donne tout en réalité.

... Le bonheur consiste ou en émotions fortes qui usent la vie, ou en occupations réglées qui en font une mécanique anglaise fonctionnant par temps réguliers. Au-dessus de ces bonheurs, il existe une curiosité, prétendue noble, de connaître les secrets de la nature, ou d'obtenir une certaine imitation de ses effets. N'est-ce pas, en deux mots, l'Art ou la Science, la Passion ou le Calme ? Eh ! bien, toutes les passions humaines agran-

dies par le jeu de vos intérêts sociaux viennent parader devant moi qui vit dans le calme. Puis, votre curiosité scientifique, espèce de lutte où l'homme a toujours le dessous, je la remplace par la pénétration de tous les ressorts qui font mouvoir l'Humanité. En un mot, je possède le monde sans fatigue, et le monde n'a pas la moindre prise sur moi.

... Eh ! bien, reprit-il après un moment de silence profond pendant lequel je l'examinais, croyez-vous que ce ne soit rien que de pénétrer ainsi dans les plus secrets replis du cœur humain, d'épouser la vie des autres, et de la voir à nu ? Des spectacles toujours variés : des plaies hideuses, des chagrins mortels, des scènes d'amour, des misères que les eaux de la Seine attendent, des joies de jeune homme qui mènent à l'échafaud, des rires de désespoir et des fêtes somptueuses. Hier, une tragédie : quelque bonhomme de père qui s'asphyxie parce qu'il ne peut plus nourrir ses enfants. Demain, une comédie : un jeune homme essaiera de me jouer la scène de M. Dimanche, avec les variantes de notre époque. Vous avez entendu vanter l'éloquence des derniers prédicateurs, je suis allé parfois perdre mon temps à les écouter, ils m'ont fait changer d'opinion, mais de conduite, comme disait je ne sais qui, jamais. Eh ! bien, ces bons prêtres, votre Mirabeau, Vergniaud et les autres ne sont que des bègues auprès de mes orateurs. Souvent une jeune fille amoureuse, un vieux négociant sur le penchant de sa faillite, une mère qui veut cacher la faute de son fils, un artiste sans pain, un grand sur le déclin de la faveur, et qui, faute d'argent, va perdre le fruit de ses efforts, m'ont fait frissonner par la puissance de leur parole. Ces sublimes acteurs jouaient pour moi seul, et sans pouvoir me tromper. Mon regard est comme celui de Dieu. Je vois dans les cœurs. Rien ne m'est caché.

Balzac saura bientôt qu'imaginer, c'est vivre encore, se brûler au feu de la vie. Les paroles de l'antiquaire et de Gobseck, il les écoute avidement, plus qu'il ne les prononce lui-même : elles témoignent de son espoir, non de sa vérité. La délégation n'est pas une victoire. Mais elle est un aveu : et c'est un aveu que nous cherchions. Comme un vieux roi devant lequel marchent ses chevaliers, Balzac ne cesse de pousser devant lui la foule des personnages protecteurs. Mais nous voyons assez vite qu'il n'est pas en dehors d'eux : les paroles de l'antiquaire et de l'usurier désignent une sagesse irréelle. Il n'a pas inversé son rapport au destin : il est jeté dans une recherche mortelle, la vivant, la voulant jusqu'au bout.

Ce que Baudelaire a appelé « la passion du travestissement et du masque » fut profonde en Balzac. Elle s'exprime dans le pseudonymat des romans de jeunesse, dans la transformation nobiliaire de son nom roturier, dans la multiplicité des noms et des domiciles destinés (seulement ?) à dépister les créanciers. En même temps qu'aux avatars successifs de Vautrin, elle donne une force symbolique à certains moments de *La Comédie Humaine*, celui où nous voyons Auguste de Maulincourt déguisé poursuivant Madame Jules dans les rues de Paris *(Ferragus)*, celui où, au début de *Splendeurs et Misères*, le bal de l'Opéra mêle sous les dominos noirs tant d'êtres familiers. Le masque, il est d'abord le symbole du rapport du créateur à ses créatures. C'est lui, Balzac, qui porte le masque et jouit, comme l'espion, comme Dieu, du privilège de voir sans être vu. Le narrateur de *Facino Cane* devine sans être deviné, dévisage sans être dévisagé : il est le regard irréversible, le regard qui ne peut être regardé, la conscience qui ne peut être connue. Symbole d'une puissance et d'une connaissance qui ne sont portées à leur comble que si, tout pour elles étant objet, elles ne peuvent être objet de rien. Mais le Masque, il est aussi sur le visage de chaque personnage ; il représente le rapport de l'ensemble des créatures à leur créateur. « *Non pas des visages, mais bien des masques...* » *(La Fille aux yeux d'or)*. Ces masques, il est seul à pouvoir les lever. « *Nous mourrons tous inconnus* » : mais peut-être pas de nous-mêmes... Si le visage de chacun de ses héros est un masque, n'est-ce pas parce qu'il dissimule le sien ?

L'unité du héros balzacien est loin d'être aussi évidente que celle du héros stendhalien, par exemple. Balzac nous invite souvent à voir dans ses personnages les produits d'une imagination ou d'une observation extérieures à lui-même. Il multiplie les déclarations réalistes, loue George Sand d'avoir fait triompher l'observation, « *qualité beaucoup plus rare* », sur l'imagination ; affirme que « *l'observateur est incontestablement homme de génie* » (Théorie de la démarche), définit le génie comme un pouvoir de « *formuler la nature, comme le fit Molière* », de « *deviner vrai sur simple échantillon* »... Et il peut apparaître que Balzac, comme Molière, a dépeint les passions humaines, les incarnant en des types avec lesquels il aurait finalement peu de choses en commun. Ne prête-t-il pas à ses héros des passions qu'il ignore ou repousse ? N'a-t-il pas voulu dresser un inventaire de la société humaine tel qu'il y accueille les espèces les plus étrangères à la sienne : l'épicier, l'employé, l'avare, le petit bourgeois ?

Sans doute tous les personnages ne participent-ils pas également au flux de la personnalité balzacienne. Mais ceux-là seuls sont vraiment en dehors d'elle que n'anime aucune passion : le monde hostile de la sécheresse, qu'elle soit celle des médiocres ou des mauvais, Poiret ou Troubert, Grassou ou Zambinella. Et ceux-là encore qui ont dépassé toute passion : le monde irréel de l'absolu, démoniaque ou angélique, Gobseck ou Séraphita. Mais entre l'infra et le supra-humain, voici le peuple des personnages épiques qu'illumine la passion déchirée qu'ils partagent avec leur créateur. Les grands héros balzaciens ne sont nullement, malgré l'apparence, des types représentatifs de la diversité humaine objectivement saisie. Ils ne s'opposent entre eux, et ne se distinguent de leur créateur, que dans l'objet de leur passion. Mais c'est leur passion même qui importe. Grandet n'est pas passionné parce qu'il est avare : il est avare parce qu'il est passionné — l'avarice est *devenue* sa passion. Les personnages balzaciens sont bien moins des caractères naturellement définis par une passion exclusive, que l'engagement — sur une voie déterminée — d'un appétit confus, d'une passion indifférenciée qui, à l'origine, n'est qu'une passion de la passion. Après que nous les avons vus vivre et mourir, ils nous semblent soumis à une fatalité originelle : pourtant, ces héros du destin apparaissent tout d'abord flottant dans une sorte d'indécision, de liberté — seulement voués à une passion qui n'a pas encore rencontré son objet. Voyons-les avancer de page en page, tel le Philippe Bridau de *La Rabouilleuse*, avec cet implacable mouvement de catastrophe naturelle, de raz-de-marée, d'avalanche... Pourtant Philippe Bridau, comme les autres, n'est qu'une énergie qui cherche sa voie : celle qu'il rencontre ne devient la sienne que parce que les circonstances la lui ont imposée. « *Peut-être eût-il fait un bon général...* » Et de Maxence Gilet, autre personnage du même livre, Balzac écrit qu'« *il était capable d'être un grand politique dans une* haute sphère, et un misérable dans la vie privée, selon les circonstances de sa destinée » : c'était « un de ces hommes destinés à faire de grandes choses, s'il était resté dans le milieu qui lui était propice ». La passion est l'élément commun dans lequel sont brassés tous les personnages, et la passion compte plus que son objet. L'objet, c'est la part des circonstances. La passion seule est la part du destin. C'est en ce sens — et en ce sens seulement — que Hoffmannstahl a pu écrire qu'ici « tout est passage... fluide et perpétuellement mouvant » et que « chacun, loin de rester ce qu'il était, devient ce qu'il n'était pas ».

Et c'est pour partager avec leur créateur cette passion de la passion, cette volonté sans forme et sans limites, qu'ils possèdent l'inépuisable vie que ne pourrait capter aucun type objectivement saisi ; et que le monde de *La Comédie Humaine*, loin d'être un univers fragmentaire et disparate comme tout univers romanesque s'efforçant de refléter une multiplicité extérieure, présente une unité d'organisme vivant clos sur la chaleur du sang qui l'emplit tout entier. Nul ne l'a mieux dit que le premier qui l'ait dit, Baudelaire : « Tous ses personnages sont doués de l'ardeur vitale dont il était animé lui-même. Toutes ses fictions sont aussi profondément colorées que les rêves. Depuis le sommet de l'aristocratie jusqu'aux bas-fonds de la plèbe, tous les acteurs de sa *Comédie* sont plus âpres à la vie, plus actifs et rusés dans la lutte, plus patients dans le malheur, plus goulus dans la jouissance, plus angéliques dans le dévouement, que la comédie du vrai monde ne nous les montre. Bref, chacun, chez Balzac, même les portières, a du génie. Toutes les âmes sont des armes chargées de volonté jusqu'à la gueule. C'est bien Balzac lui-même ».

La main de Balzac (moulage).

LE DÉSIR ET SA PUISSANCE

Le désir ne constitue-t-il pas
une sorte de possession intuitive ?

Mais qui est Balzac ? — Mieux que dans le témoignage de ses contemporains, de ses amis ou de ses maîtresses, dans les aveux de sa correspondance et dans les événements de sa vie, nous commençons à l'entrevoir, peut-être, pour peu que nous levions le masque des personnages et lisions les mythes et les figures des drames où ils sont affrontés. Et déjà l'homme se livre dans ce détour qu'il prend pour se livrer. Se tourner vers lui-même, vers ce vide intérieur, ambigu et informe, qu'il évoque dans sa lettre à la duchesse d'Abrantès : à quoi bon ? Balzac n'est pas de ceux qui se saisissent à l'intérieur d'un *Cogito* initial qui les révèle dans une sorte de transparence absolue : on ne sent pas chez lui cette constante intimité, cette profonde présence à soi-même qui est chez Montaigne, chez Stendhal, chez Chateaubriand. Il n'est rien, justement, qu'une aspiration à être ce qu'il n'est pas, à devenir. De lui-même, il ne connaît rien que ce qui le projette en dehors de soi : l'énergie, la plasticité. « *Je ne suis sûr que de mon courage de lion, et de mon invincible travail.* » (décembre 1838.) « *L'écrivain doit être familiarisé avec tous les effets, toutes les natures. Il est obligé d'avoir en lui je ne sais quel miroir concentrique où, suivant sa fantaisie, l'univers vient se réfléchir.* » (Préface à *La Peau de Chagrin.*) Conscience toujours définie par son intention, pensée qui est toujours pensée de quelque chose, mais d'un objet toujours virtuel, maintenu à distance, jamais constitué. Désir d'un objet, dès le début, mais d'un objet justement peu définissable — de l'objet le moins définissable qui soit. Nous savons que cet écrivain, qui n'a jamais été autre chose qu'un écrivain, n'a jamais vu dans la littérature sa fin véritable. « Être Chateaubriand ou rien » : Balzac jeune n'a jamais prononcé le mot du jeune Hugo. Au-dessus de la notoriété littéraire, il a toujours animé le rêve d'une gloire indécise ; au-dessus de l'œuvre, il a toujours placé l'amour. Installer Ève dans l'hôtel de la rue Fortunée lui importe plus que d'avoir écrit tant de chefs-d'œuvre : « *Si je ne suis pas grand par* La Comédie Humaine, *je le serai par cette réussite, si elle vient.* » (Mars 1849.) C'est d'un ton presque détaché — et encore de telles phrases sont-elles très rares dans sa correspondance — qu'il écrit à Ève en septembre 1845 : « *Tout le monde lui dit* (à Furne, son éditeur) *qu'il n'y a encore que moi dont on puisse dire avec assurance dans cette époque que je serai dans les* classiques. » Cette œuvre à laquelle il a voué sa vie, comme il l'a peu aimée, peu relue ! Mais s'il lui préfère l'amour et la gloire, n'est-ce point parce que l'œuvre est une réalité moins indéfinissable, s'incarnant en des objets tangibles vers lesquels on peut se retourner, alors que l'amour et la gloire sont des limites vers lesquelles on avance toujours sans pouvoir les saisir ?

Il est désir, et ce désir est tel que toujours il le porte au delà de l'objet qui lui est donné. Ni le repli sur soi, ni la contemplation des images du monde, ni une passion définie ne le contentent. Il est voué à un désir qui repousse à chaque instant son terme : désir de l'œuvre après l'œuvre, de l'amour après l'amour, du secret de l'image après l'image. Il ne se reposera jamais, comme tant d'autres, sur l'œuvre faite, la sagesse conquise, l'expérience accomplie. Insatiable désir que ne comblera jamais l'espace qu'il dévore, rien ne le représente mieux que l'image matérielle de la faim et de la soif à laquelle Balzac recourt dans cette lettre de jeunesse, car la faim et la soif, jamais assouvies, expriment le manque fondamental de l'organisme vivant :

Si j'ai une place, je suis perdu... Je deviendrai un commis, une machine, un cheval de manège qui fait ses trente ou quarante tours, boit, mange et dort à ses heures ; je serai

comme tout le monde. Et l'on appelle vivre cette rotation
de meule de moulin, ce perpétuel retour des mêmes choses !
Encore si quelqu'un jetait sur cette froide existence un charme
quelconque. Je n'ai point encore eu les fleurs de la vie, et
je suis dans la seule saison où elles s'épanouissent. Qu'ai-je
besoin de la fortune et de ses jouissances, quand j'aurai
soixante ans ? Est-ce, quand on ne fait plus rien qu'assister
à la vie des autres, et que l'on n'a plus que sa place à payer,
qu'il est nécessaire d'avoir les habits des acteurs ? Un vieil-
lard est un homme qui a dîné, et qui regarde ceux qui arrivent
en faire autant. Or, mon assiette est vide, elle n'est pas dorée,
la nappe est terne, les mets insipides. J'ai faim, et rien
ne s'offre à mon avidité ! Que me faut-il ? Des ortolans.
Car je n'ai que deux passions : l'amour et la gloire, et rien
n'est encore satisfait, et rien ne le sera jamais ! (A sa sœur,
août 1821.)

Texte profondément révélateur, sous la vulgarité des
symboles. La hantise de l'échec s'objective dans l'image
du mouvement cyclique qui ramène toujours les mêmes
choses. La courbe, c'est la fatalité. La droite, c'est l'espoir.
« *Aucun de vos savants n'a tiré cette simple induction que*
la courbe est la loi des mondes matériels, que la droite est
celle des mondes spirituels : l'une est la théorie des créations
finies, l'autre est la théorie de l'infini. L'homme, ayant seul
ici-bas la connaissance de l'infini, peut seul connaître la
ligne droite ; lui seul a le sentiment de la verticalité placé
dans un organe spécial. L'attachement pour les créations
de la courbe ne serait-il pas chez certains hommes l'indice
d'une impureté de leur nature, encore mariée aux substances
matérielles qui nous engendrent ; et l'amour des grands
esprits pour la ligne droite n'accuserait-il pas en eux un
pressentiment du ciel ? » (Séraphita.)
Chaque héros balzacien est d'abord cet *a priori* du désir
pur, cette faim qui cherche partout sa pâture. « *Il n'était*
encore aux prises qu'avec ses désirs » : voilà le moment où
le héros prend son départ, où nous touchons sa vraie
nature. Dès le début, Louis se fait « *la vie la plus exigeante,*
et de toutes, la plus avidement insatiable » ; chez Savarus,
le désir a toujours été « *une force supérieure et le mobile*
de tout l'être ». « *Je sens en moi comme une force qui veut*
s'exercer, je lutte contre quelque chose », dit la Gabrielle
de *L'Enfant Maudit*. Mais le désir balzacien ne ressemble

en rien au désir romantique, à son attente passive et nostalgique, au sentiment complaisant de l'incomplétude. Plutôt qu'attente de ce qui viendra combler une absence, il est recherche de l'espace où exercer son action ; son *manque* semble celui de cet espace plus que son vide intérieur ; il est moins en lui que devant lui. Le désir balzacien est volonté, énergie, concentration de forces, *mise en marche*. Il s'éprouve comme une irrésistible puissance, car il est une force matérielle de préhension, une « *possession intuitive* » (Physiologie du Mariage.) Intacte, non encore usée par la vie, l'énergie du désir est « *apte à jeter des feux d'une intensité prodigieuse, contenus comme le diamant brut qui garde l'éclat de ses facettes. Vienne une circonstance ! Cette intelligence s'allume, elle a des ailes pour franchir les distances, des yeux divins pour tout voir ; hier, c'était un charbon, le lendemain, sous le jet du fluide inconnu qui la traverse, c'est un diamant qui rayonne.* » (Le Cousin Pons.) Lambert a le don « *d'appeler à lui, dans certains moments, des pouvoirs extraordinaires* ». Et Balzac parle souvent de son indomptable énergie. Mais il n'y a pas de plus belle évocation de ce sentiment d'une puissance intacte à laquelle l'univers entier est promis que le début d'*Un Drame au bord de la mer* :

Les jeunes gens ont presque tous un compas avec lequel ils se plaisent à mesurer l'avenir ; quand leur volonté s'accorde avec la hardiesse de l'angle qu'ils ouvrent, le monde est à eux. Mais ce phénomène de la vie morale n'a lieu qu'à un certain âge. Cet âge qui, pour tous les hommes, se trouve entre vingt-deux et vingt-huit ans, est celui des grandes pensées, l'âge des conceptions premières, parce qu'il est l'âge des immenses désirs, l'âge où l'on ne doute de rien : qui dit doute, dit impuissance. Après cet âge rapide comme une semaison, vient celui de l'exécution. Il est en quelque sorte deux jeunesses, la jeunesse durant laquelle on croit, la jeunesse pendant laquelle on agit ; souvent elles se confondent chez les hommes que la nature a favorisés, et qui sont, comme César, Newton et Bonaparte, les plus grands parmi les grands hommes.

Je mesurais ce qu'une pensée veut de temps pour se développer ; et, mon compas à la main, debout sur un rocher, à cent toises au-dessus de l'Océan, dont les lames se jouaient dans les brisants, j'arpentais mon avenir en le meublant d'ouvrages, comme un ingénieur qui, sur un terrain vide, trace des forteresses et des palais. La mer était belle, je venais de m'habiller après avoir nagé, j'attendais Pauline, mon ange gardien, qui se baignait dans une cuve de granit pleine d'un sable fin, la plus coquette baignoire que la nature ait dessinée pour ses fées marines. Nous étions à l'extrémité du Croisic, une mignonne presqu'île de la Bretagne ; nous étions loin du port, dans un endroit que le fisc a jugé tellement inabordable que le douanier n'y passe presque jamais. Nager dans les airs après avoir nagé dans la mer ! ah ! qui n'aurait nagé dans l'avenir ? Pourquoi pensais-je ? Pourquoi vient un mal ? Qui le sait ? Les idées vous tombent au cœur ou à la tête sans vous consulter. Nulle courtisane ne fut plus fantasque ni plus impérieuse que ne l'est la Conception pour les artistes ; il faut la prendre comme la Fortune, à pleins cheveux, quand elle vient. Grimpé sur ma pensée comme Astolphe sur son hippogriffe, je chevauchais donc à travers le monde, en y disposant de tout à mon gré. Quand je voulus chercher autour de moi quelque présage pour les audacieuses constructions que ma folle imagination me conseillait d'entreprendre, un joli cri, le cri d'une femme qui vous appelle dans le silence d'un désert, le cri d'une femme qui sort du bain, ranimée, joyeuse, domina le murmure des franges incessamment mobiles que dessinaient le flux et le reflux sur les découpures de la côte. En entendant cette note jaillie de l'âme, je crus avoir vu dans les rochers le pied d'un ange qui, déployant ses ailes, s'était écrié : — Tu réussiras ! Je descendis, radieux, léger ; je descendis en bondissant comme un caillou jeté sur une pente rapide. Quand elle me vit, elle me dit : — Qu'as-tu ? Je ne répondis pas, mes yeux se mouillèrent. La veille, Pauline avait compris mes douleurs, comme elle comprenait en ce moment mes joies, avec la sensibilité magique d'une harpe qui obéit aux variations de l'atmosphère. La vie humaine a de beaux moments ! Nous allâmes en silence le long des grèves...

Mais quelle sera la direction prise par cette puissance ? Aux métaphores de l'envol et de la nage, au dynamisme ascensionnel de *Séraphita*, au mouvement de la verticalité qui se perd dans un ciel intelligible, dans un espace sans résistance, infini et nul, répondent un dynamisme horizontal non moins vigoureux et obsédant, la marche dans la vie, d'obstacle en obstacle, — pas du promeneur dans les rues de Paris, piétinement d'un détachement militaire, tumulte d'un départ de diligence, marche du « réquisitionnaire » dans la petite ville endormie... Partir ? Oui. Mais vers quoi ? A « *l'être extérieur* » s'oppose « *l'être actionnel ou intérieur qui ne reconnaît ni le temps ni l'espace* » (première version de *Louis Lambert*). Et, dans sa lettre à Nodier, Balzac, une fois de plus, évoque les *deux natures* : « *le verbe et le fait, l'homme intérieur et l'homme extérieur sans cesse accouplés, séparés sans cesse en nous.* »

Peut-on établir entre ces deux directions à la fois une hiérarchie et une succession, comme si la plus basse n'avait été substituée à la plus haute qu'après son échec ? « *Un jour donc, que j'avais besoin de restaurer mon cerveau lésé par une trop forte déperdition de pensées, je sortis de chez moi...* » (« Une heure de ma vie », dans *La Femme auteur*). Est-il permis de voir dans une phrase de ce genre, ainsi qu'on l'a suggéré [1], l'indice d'un tel tournant, d'une telle conversion ? Et sans doute, il est vrai que les premiers travaux balzaciens obéissent à « *la pente entraînante d'un esprit métaphysique* », que la recherche de l'absolu est le thème initial de l'œuvre — celui du *Centenaire*, de *Stenie*, de *Falthurne*. Mais ses lettres de jeunesse nous donnent aussi son point de départ : c'est d'ortolans qu'il a faim ! Les *Scènes de la Vie Privée* qui évoquent la lutte des ambitions et des intérêts dans la société de 1830 sont contemporaines des premières études philosophiques. Et, inversement, ces études philosophiques ne seront jamais exclues de l'œuvre, comme si, à l'échec de l'absolu, répondaient les tentatives de l'incarnation : jusqu'au bout, Balzac y verra la clef de *La Comédie Humaine*. Gardons-nous d'accueillir les romans « réalistes » de la fin comme un dépassement des premières expériences métaphysiques. Rien ne serait plus imprudent que de chercher semblable construction dans une œuvre dont le caractère le plus profond, peut-être, est d'échapper à tout mouvement dialectique, pour être prise, d'un bout à l'autre, dans une tension dramatique qui ne comporte aucune issue. Le temps, ici, n'apporte rien — nul compromis, nulle synthèse des antinomies. Tout est donné, tenté dès le départ, — et l'échec lui-même. Dès le départ,

1. M. Georges Poulet, dans sa remarquable étude *(La Distance intérieure).*

Balzac est Lucien comme il est Lambert ; il restera Lambert en devenant Hulot. Les tentatives de possession mystique et de possession matérielle sont de même nature, et connaissent le même destin. En profondeur, elles ne font qu'un ; l'envers vaut l'endroit. « *Il est si naturel d'ouvrir le corps pour y trouver l'âme...* »

Balzac a recherché la possession immédiate du monde par l'esprit — une possession intuitive, abstraite, anticipée, et comme *a priori*. Tentative de préhension des choses par l'idée, qui nous mettrait en communication avec les forces invisibles qui les dirigent, avec l'au-delà, avec Dieu. C'est alors que Lambert a le sentiment d'abolir l'espace et le temps et vole dans l'Infini. Son âme « *sans cesse voltige à travers les espaces de la pensée* ». Traversant les trois règnes de la nature, elle débouche dans le monde des idées. Et traversant les deux premières sphères de ce monde — l'Instinct et l'Abstraction —, elle débouche dans la troisième sphère : la Spécialité. Mais qu'est-ce que le don de Spécialité ? C'est « *voir les choses du monde matériel aussi bien que celles du monde spirituel dans leurs ramifications originelles et conséquentielles... La Spécialité emporte l'intuition. L'intuition est une des facultés de l'homme intérieur dont le spécialisme est un attribut.* » A ces lignes du *Traité de la Volonté* répondent les développements de *Séraphita* :

J'ai le don de Spécialité, lui répondit-il. La Spécialité constitue une espèce de vue intérieure qui pénètre tout, et tu n'en comprendras la portée que par une comparaison. Dans les grandes villes de l'Europe d'où sortent des preuves où la Main Humaine cherche à représenter les effets de la nature morale, aussi bien que ceux de la nature physique, il est des hommes sublimes qui expriment des idées avec du marbre. Le statuaire agit sur le marbre, il le façonne, il y met un monde de pensées. Il existe des marbres que la main de l'homme a doués de la faculté de représenter tout un côté sublime ou tout un côté mauvais de l'humanité, la plupart des hommes y voient une figure humaine et rien de plus, quelques autres un peu plus haut placés sur l'échelle des êtres y aperçoivent une partie des pensées traduites par le sculpteur, ils y admirent la forme ; mais les initiés au secret de l'art sont tous d'intelligence avec le statuaire : en voyant son marbre, ils y reconnaissent le monde entier de ses pensées. Ceux-là sont les princes de l'art, ils portent en eux-mêmes un miroir où vient se réfléchir la nature avec ses plus légers accidents. Eh ! bien, il est en moi comme un miroir où vient se réfléchir la nature morale avec ses causes et ses effets. Je devine l'avenir et le passé en pénétrant ainsi la conscience. Comment ? me diras-tu toujours. Fais que le marbre soit le corps d'un homme, fais que le statuaire soit le sentiment, la passion, le vice ou le crime, la vertu, la faute ou le repentir ; tu comprendras comment j'ai lu dans l'âme de l'étranger, sans néanmoins t'expliquer la Spécialité...

S'agit-il d'atteindre, comme dans l'extase mystique, une autre réalité où les apparences trompeuses de ce monde soient perdues, abolies, un monde des idées qui n'aurait plus rien de commun avec celui des images ? Bien plutôt de trouver dans l'idée le secret de l'image. Si le monde est saisi en dehors de lui-même, et comme en son absence, en dehors de la succession temporelle des expériences, c'est bien le monde, cependant, qui est saisi à plein dans ce vide, c'est la vie qu'appréhende le mort vivant à cette extrême pointe où tout est ramassé. Telle est, déjà, l'expérience de Marianine :

Marianine tomba dans une nuit plus profonde que celle des cieux, entra dans le vaste royaume dont le territoire commence où finit celui de l'univers, ce domaine où nul ne pénètre sans être à la fois et mort et vivant, où l'homme fait comparaître toute nature en dehors d'elle-même, comme si un miroir en réfléchissait les moindres secrets : ce domaine où règne un pouvoir qui coupe la terre entière comme avec un rasoir tranchant, et qui en découvre les trésors les plus cachés ; où l'on appelle involontairement les plantes et les animaux par leur nom ; où l'on comprend les idées de tous les peuples ; où l'on traverse l'univers. Admirable empire dans lequel on oublie tout pour ne garder qu'une agréable sensation comparable au charme d'un rêve de bonheur. Enfin, où l'homme ne regarde de lui-même que la précieuse élaboration qui forme la pensée. (Le Centenaire.)

Telle est l'expérience de Lambert, à qui sa « *vélocité de vision mentale* » ouvre, hors du temps, le monde du temps (la bataille d'Austerlitz aussi bien que l'événement à venir), hors de l'espace, le monde de l'espace (un lieu, un événement éloigné), hors du monde, le monde même dans ses causes réellement agissantes. « *J'enveloppe alors le monde par ma pensée, je le pétris, je le façonne, je le pénètre, je le comprends.* » Le monde découvert dans ses correspondances, dans l'homogénéité profonde de ses aspects disparates, dans l'unité que lui impose le réseau d'une pensée télépathique et prophétique. Aussi bien cette connaissance est-elle assimilée à l'imagination du poète capable de vivre dans des lieux, des époques, des destins qui ne sont pas les siens. Et encore à la puissance du sommeil, qui « *démontre logiquement, par une chaîne de raisonnements dont quelque beau génie déduira l'ensemble, comme les Cuvier, les Laplace ont arraché des faits à un océan de pensées, que l'homme possède l'exorbitante faculté d'anéantir, par rapport à lui, l'espace qui n'existe que par rapport à lui ; de s'isoler complètement du milieu dans lequel il réside, et de franchir, en vertu d'une puissance locomotive presque infinie, les énormes distances de la nature physique ; d'étendre sa vie à travers la création sans y rencontrer les obstacles par lesquels il est arrêté dans son état normal ; et enfin d'obtenir une certitude mémoriale des actes dus à l'exercice de cette faculté.* » (Lettre à Charles Nodier.)

L'allusion à Cuvier et à Laplace est éloquente. A son plus haut degré d'abstraction, que nous livre l'intuition mystique ? Le principe primitif qui régit un monde soumis à l'unité de composition. « *Il existe un principe primitif ! Surprenons-le au point où il agit sur lui-même, où il est un, où il est principe, avant d'être créature, cause avant d'être effet, nous le verrons absolu, sans figure, susceptible de revêtir toutes les formes que nous lui voyons prendre.* » (Sur Catherine de Médicis.) Car il s'agit, muni de ce principe sans figure, de revenir vers les figures. Comme Lambert, Desplein veut saisir « *la chair dans le passé comme dans l'avenir, en s'appuyant sur le présent* », « *les causes de la vie, la vie avant la vie, ce qu'elle sera par ses préparations avant d'être* ». (La Messe de l'athée.) La vie avant la vie, oui : pour posséder la vie.

Séraphita, pourtant, n'est-il pas le mythe d'un arrachement complet à ce monde ? L'appel de l'ange semble appel à une mort totale. Le Séraphin s'envole : « *il n'avait plus rien de commun avec la Terre* ». Mais, alors que

Balzac vers 1845. Lithographie d'après Ed. Hédouin.

Lambert évoque une expérience réellement assumée, *Séraphita* fait luire une lumière inaccessible. « *Attachés à leur misérable corps, ils avaient le désir, sans avoir la puissance.* » Bientôt, « *l'Impur et la Mort ressaisiront leur proie.* » Pas assez vite cependant pour qu'ils n'aient pu entrevoir quelque chose... Quoi donc ? : « *Ils virent que là tout était homogène... La lumière enfantait la mélodie, la mélodie enfantait la lumière, les couleurs étaient lumière et mélodie, le mouvement était un Nombre doué de la Parole ; en sorte que chaque chose se pénétrant l'une par l'autre,*

H. DE BALZAC

L'INITIÉ

I

PARIS

L. DE POTTER, LIBRAIRE-ÉDITEUR

RUE SAINT-JACQUES, 36.

l'étendue était sans obstacle et pouvait être parcourue par les Anges dans la profondeur de l'Infini... Ils comprirent les invisibles liens par lesquels les mondes matériels se rattachaient aux mondes spirituels. En se rappelant les sublimes efforts des plus beaux génies humains, ils trouvèrent les principes des mélodies en entendant les chants du ciel qui donnaient les sensations des couleurs, des parfums, de la pensée, et qui rappelaient les innombrables détails de toutes les créations, comme un chant de la terre ranime d'infimes souvenirs d'amour. »

« *Les innombrables détails de toutes les créations...*
Ainsi ce monde divin devant lequel le voyant s'arrête
est encore celui que Lambert et Desplein entrevoient,
l'unité du principe, les correspondances enfin dévoilées
dans l'harmonie primordiale. A supposer qu'elle fût pos-
sible, la plus haute extase révélerait à Balzac ce monde de
l'unité de composition dont une science parcellaire
lui permet seulement de jeter les grandes lignes dans
l'*Avant-Propos* de *La Comédie Humaine*. Le monde n'a
pas cessé d'être son objet.

Le caractère cosmologique de sa tentative vers l'absolu
sépare suffisamment Balzac du mysticisme. Et plus encore
le vœu qu'elle trahit : l'obsédant désir de la possession.
Son mouvement ne va pas à se perdre, à s'abîmer dans la
transcendance, mais à exalter et à accomplir la vie individuelle, à ravir à Dieu son secret. Le voyant contemple
les anges parcourant un espace sans obstacles et comprenant le lien des mondes. Il parle moins de Dieu que du
monde divin, moins d'une présence devant laquelle on
s'efface que d'un espace encore où l'on peut voler. Qu'est
la prière dans *Séraphita* ? Une identification à Dieu, sans
doute, mais qui, loin de nous dissoudre en lui, nous
communique sa puissance, nous permet « *de vivre de la
vie même des mondes* ». Une ascèse, sans doute, mais qui,
loin de nous arracher à l'ordre de la chair, nous le fait
posséder. Non point une soumission : un investissement
de puissance.

*L'univers appartient à qui veut, à qui sait, à qui peut
prier ; mais il faut vouloir, savoir et pouvoir ; en un mot
posséder la force, la sagesse et la foi. Aussi la prière qui résulte
de tant d'épreuves est-elle la consommation de toutes les
vérités, de toutes les puissances, de tous les sentiments. Fruit
du développement laborieux, progressif, continu de toutes
les propriétés naturelles animé par le souffle divin de la
Parole, elle a des activités enchanteresses, elle est le dernier
culte : ce n'est ni le culte matériel qui a des images, ni le
culte spirituel qui a des formules ; c'est le culte du monde
divin. Nous ne disons plus de prières, la prière s'allume en
nous, elle est une faculté qui s'exerce d'elle-même ; elle a
conquis ce caractère d'activité qui la porte au-dessus des
formes, elle relie alors l'âme à Dieu, avec qui vous vous
unissez comme la racine des arbres s'unit à la terre ; vos*

*veines tiennent aux principes des choses, et vous vivez de
la vie même des mondes. La Prière donne la conviction
extérieure en vous faisant pénétrer le Monde Matériel par
la cohésion de toutes vos facultés avec les substances élé-
mentaires ; elle donne la conviction intérieure en développant
votre essence et en la mêlant à celle des Mondes Spirituels.
Pour parvenir à prier ainsi, obtenez un entier dépouillement
de la chair, acquérez au feu des creusets la pureté de diamant,
car cette complète communication ne s'obtient que par le repos
absolu, par l'apaisement de toutes les tempêtes. Oui, la prière,
véritable aspiration de l'âme entièrement séparée du corps,
emporte toutes les forces et les applique à la constante et
persévérante union du Visible et de l'Invisible. En possédant
la faculté de prier sans lassitude, avec amour, avec force,
avec certitude, avec intelligence, votre nature spiritualisée
est bientôt investie de la puissance. Comme un vent impétueux
ou comme la foudre, elle traverse tout et participe au pouvoir
de Dieu. Vous avez l'agilité de l'esprit ; en un instant,
vous vous rendez présent dans toutes les régions, vous êtes
transporté comme la Parole même d'un bout du monde à
l'autre. Il est une harmonie et vous y participez ! Il est une
lumière, et vous la voyez ! Il est une mélodie, et son accord
est en vous. En cet état, vous sentirez votre intelligence se
développer, grandir, et sa vue atteindre à des distances pro-
digieuses : il n'est en effet ni temps, ni lieu pour l'esprit.
L'espace et la durée sont des proportions créées pour la
matière, l'esprit et la matière n'ont rien de commun. Quoique
ces choses s'opèrent dans le calme et le silence, sans agitation,
sans mouvement extérieur ; néanmoins tout est action dans
la Prière, mais action vive, dépouillée de toute substantialité,
et réduite à être, comme le mouvement des Mondes, une
force invisible et pure.*

La religiosité balzacienne rend le même son. Les âmes
pieuses, elles aussi, recherchent un pouvoir plus qu'un
dépouillement. Il ne faut pas apporter dans la charité
le vœu de la puissance, dit le père Alain à Godefroid.
Mais ce qui lie Godefroid à l'hôtel de la Chanterie,
qu'est-ce, sinon l'orgueil de « *jouer le rôle de la Providence* » ? Pour le Benassis du *Médecin de Campagne*, le
bien moral est un agir, et la rédemption religieuse, pour
le Curé Bonnet comme pour Véronique Graslin, n'est pas
dans le remords, mais dans l'action... « *Pleurer est le com-*

mencement, agir est la fin... Vos prières doivent être des travaux. » Et nous réentendons la formule : « *Exercer la bienfaisance, c'est se faire le destin.* »

La désincarnation poursuit la conquête du monde incarné, et la passion incarnée aspire à la même possession totale que Lambert, Minna et Wilfrid. Les sensuels cherchent l'absolu, comme les mystiques la puissance. Grandet veut posséder, sous la forme de l'or, quelque chose qui le dépasse infiniment. Relisons le merveilleux début de *la Fille aux Yeux d'Or* qui évoque tout un peuple ravagé par les plus matérielles concupiscences. « *Quelle puissance les détruit ? La passion. Toute passion, à Paris, se résout par deux termes : or et plaisir.* » Mais les expressions dont use Balzac ne conviennent, on le voit bien, qu'à un désir que nul bien matériel ne comblera. Cette prodigieuse dissipation, seule une passion infinie la justifie. Chacun « *outrepasse ses forces* », s'épuise « *en mille jets de volonté créatrice* ». Ironiquement, il salue « *l'irréprochable cumulard* » qui fait dix métiers dans sa journée. Mais prenons garde au ton. « *N'est-ce pas le mouvement fait homme, l'espace incarné, le protée de la civilisation ?... Il faut dévorer le temps, presser le temps, trouver plus de vingt-quatre heures dans le jour... Le temps est leur tyran, il leur manque, il leur échappe ; ils ne peuvent ni l'étendre, ni le resserrer.* » Ce peuple de Paris, évoqué dans toutes ses catégories sociales, comment ne pas voir qu'il recherche, à travers l'or et le plaisir, cette ubiquité, cette simultanéité, cette abolition du temps et de l'espace que convoite le héros du combat spirituel ? N'oublions pas le dernier mot de *La Fille aux Yeux d'Or* : « *Rien ne console d'avoir perdu ce qui nous a paru être l'infini.* »

Dès le début, Balzac pose la question — celle de Louis Lambert : l'univers peut-il venir à moi, dois-je venir à lui ? Dans le même moment où il cherche à atteindre l'univers en dehors de lui-même, il tente de l'étreindre en lui-même, dans la succession du temps, au niveau des événements et des êtres singuliers. Plus forte d'être concentrée, vouée à un objet précis, la volonté balzacienne, dans une autre direction, accomplit les mêmes démarches. Veut-elle le passé ? « *En fermant les yeux j'y suis...* » Veut-elle devancer l'avenir ? Elle le peut. Dès qu'il découvre l'être qui porte son destin — bonheur ou malheur —, le héros en est averti. Ainsi Maxence et Flore rencontrant Philippe

Bridau : « *Elle éprouva comme un frisson au cœur... Gilet sentit également en lui-même cet ébranlement.* » Ainsi Michu rencontrant Corentin sent « *une prostration prophétique. Il fut atteint par un pressentiment mortel, il entrevit confusément l'échafaud.* » Ainsi Marguerite Claes est-elle immédiatement prévenue de la tentative de suicide de son père, comme Vautrin sait à distance que Lucien est en danger. Les rêves d'Ursule lui révèlent que Minoret est le coupable. Sitôt en présence de Marie, Montauran sait qu'il l'aimera.

Cette puissance prophétique se confond avec la force par quoi le désir s'empare d'un objet qui est *le sien* de toute éternité. Car le désir n'aurait sans doute pas ce pouvoir irrésistible, s'il ne suivait une trajectoire déjà tracée, s'il ne lisait « *un texte préexistant* ». Ce lien entre la force projective du désir et cette illumination prophétique qui fait reconnaître la forme de « *toute une vie* » en son objet, nous le voyons dans cet admirable passage d'*Albert Savarus* :

Rodolphe, appuyé contre le chambranle de la porte, regarda la princesse en dardant sur elle ce regard fixe, persistant, attractif et chargé de toute la volonté humaine concentrée dans ce sentiment appelé désir, mais qui prend alors le caractère d'un violent commandement. La flamme de ce regard atteignit-elle Francesca ? Francesca s'attendait-elle de moment en moment à voir Rodolphe ? Au bout de quelques minutes, elle coula un regard vers la porte, comme attirée par ce courant d'amour, et ses yeux, sans hésiter, se plongèrent dans les yeux de Rodolphe. Un léger frémissement agita ce magnifique visage et ce beau corps : la secousse de l'âme réagissait ! Rodolphe eut comme toute une vie dans cet échange, si rapide qu'il n'est comparable qu'à un éclair.

Vignette de titre de La peau de chagrin. *(Edition de 1838)*.

L'ESPOIR ET LE DESTIN

... N'est-ce pas usurper sur Dieu ?

Car le drame balzacien n'est pas celui de l'objet inaccessible à la passion qui le convoite : elle est assez forte pour s'emparer de lui. Sans doute, il y a les vaincus : mais ce sont les victimes du triomphe d'autrui. Sans doute, l'amour d'Octave ne lui ouvre-t-il pas le cœur d'Honorine. Mais le vrai drame, le seul qui pose un problème, est celui de *l'échec des triomphateurs*. Les passions triomphent : Paris, l'argent, la gloire, les femmes sont des choses que l'on conquiert. Francesca aime Rodolphe, comme Henriette Félix, comme Marie Montauran ; Vautrin possède Lucien comme Grandet son or. Le malheur n'est pas dans l'échec initial, dans l'impuissance originelle ; ni l'irrémédiable séparation des cœurs, ni l'irrémédiable exil de la vie, dans un présent que cernent les abîmes du temps perdu et de l'avenir indéchiffrable, ne sont le lot du héros balzacien. Êtres, présent, avenir, il saisit tout ce qu'il cherche, quelle qu'en soit la direction. D'où ce son de départ triomphal que chaque roman nous fait entendre... Pourquoi faut-il que les voix de l'espoir deviennent cet immense chœur de l'échec ? Pourquoi faut-il que tous ces amants conquérants ne puissent pas vivre des amours heureuses ? Pourquoi tous ces possesseurs comblés se retrouvent-ils finalement les mains vides ? - La catastrophe de l'amour n'est pas le signe de la séparation des âmes, de l'inaccessibilité des êtres. Elle nous avertit qu'il y a pour la puissance conquérante une limite qu'elle ne peut franchir, et qui réduit sa conquête à néant.

Cette limite, bien sûr, s'appelle le Destin. Mais qu'est-ce que le Destin, ici ? La mort ? Sans doute. On sait que le vœu de longévité se mêle dès le départ au vœu de la puissance. Et dès le départ aussi, au chant de l'espoir conquérant répond sourdement l'orchestre de la mort. Le désir et la puissance conquise sont une usure, une « *déperdition de fluide* », « *une sublime prodigalité d'existence* ». Chaque réalisation de la vie abrège la vie. Tel est le mythe de *La Peau de Chagrin*. Non seulement la vie se heurte à la mort comme à une sorte de limite extérieure : la vie sécrète, elle *est*, sa propre mort : l'homme de la vie mange sa vie. Cet effet destructeur du désir, lié à sa puissance conquérante, ce passage de *Sarrasine* en est l'un des plus beaux exemples :

Sarrasine voulait s'élancer sur le théâtre et s'emparer de cette femme. Sa force, centuplée par une dépression morale, impossible à expliquer, puisque ces phénomènes se passent dans une sphère inaccessible à l'observation humaine, tendait à se projeter avec une violence douloureuse. A le voir, on eût dit d'un homme froid et stupide. Gloire, science, avenir, existence, couronnes, tout s'écroula. Être aimé d'elle, ou mourir, tel fut l'arrêt que Sarrasine porta sur lui-même. Il était si complètement ivre qu'il ne voyait plus ni salle, ni spectateurs, ni acteurs, n'entendait plus de musique. Bien mieux, il n'existait pas de distance entre lui et la Zambinella, il la possédait, ses yeux attachés sur elle, s'emparaient d'elle. Une puissance presque diabolique lui permettait de sentir le vent de cette voix, de respirer la poudre embaumée dont ses cheveux étaient imprégnés, de voir les méplats de ce visage, d'y compter les veines bleues qui en nuançaient la peau satinée. Enfin, cette voix agile, fraîche et d'un timbre argenté, souple comme un fil auquel le moindre souffle d'air donne une forme, qu'il roule et déroule, développe et disperse, cette voix attaquait si vivement son âme qu'il laissa plus d'une fois échapper de ces cris involontaires arrachés par les délices convulsives trop rarement données par les passions humaines. Bientôt il fut obligé de quitter le théâtre. Ses jambes tremblantes refusaient presque de le soutenir. Il était abattu, faible comme un homme nerveux qui s'est livré à quelque effroyable colère. Il avait eu tant de plaisir, ou peut-être avait-il tant souffert, que sa vie s'était écoulée comme l'eau d'un vase renversé par un choc. Il sentait en lui un vide, un anéantissement semblable à ces atonies qui désespèrent les convalescents au sortir d'une forte maladie. Envahi par une tristesse inexplicable, il alla s'asseoir sur les marches d'une église. Là, le dos appuyé contre une colonne, il se perdit dans une méditation confuse comme un rêve. La passion l'avait foudroyé.

Or, n'est-ce pas la durée, l'immortalité personnelle qui est le vœu le plus profond ? Balzac ne parle-t-il pas par la voix du vieux Ruggieri mettant la vie avant la puissance ?

Si vous prétendez que quelque chose nous survit, ce n'est pas nous ; car tout ce qui est le moi *actuel périt ! Or, c'est le* moi *actuel que je veux continuer au delà du terme assigné à sa vie ; c'est la transformation présente à laquelle je veux procurer une plus grande durée. Quoi ! les arbres vivent des siècles, et les hommes ne vivraient que des années, tandis que les uns sont passifs et que les autres sont actifs ; quand les uns sont immobiles et sans paroles, et que les autres parlent et marchent ! Nulle création ne doit être ici-bas supérieure à la nôtre, ni en pouvoir ni en durée. Déjà nous avons étendu nos sens, nous voyons dans les astres ! Nous devons pouvoir étendre notre vie ! Avant la puissance, je mets la vie. A quoi sert le pouvoir si la vie nous échappe ? Un homme raisonnable ne doit pas avoir d'autre occupation que de chercher, non pas s'il est une autre vie, mais le secret sur lequel repose sa forme actuelle pour la continuer à son gré ! Voilà le désir qui blanchit mes cheveux ; mais je marche intrépidement dans les ténèbres, en conduisant au combat les intelligences qui partagent ma foi. La vie sera quelque jour à nous !* (Sur Catherine de Médicis.)

Si « *la durée de la vie est en raison de la force que l'individu peut opposer à la pensée* », si « *la vie est un feu qu'il faut couvrir de cendres* » (Les Martyrs ignorés), cessons de vouloir, de vivre. D'où le rêve d'une existence végétative, immobile, — la volonté d'abjurer tout désir, et d'abord l'amour.

Abjurez l'amour. D'abord plus de tracas, de soins, d'inquiétudes ; plus de ces petites passions qui gaspillent les

forces humaines. Un homme vit heureux et tranquille ;
socialement parlant, sa puissance est infiniment plus grande
et plus intense. Ce divorce fait avec ce je ne sais quoi nommé
amour est la raison primitive du pouvoir de tous les hommes
qui agissent sur les masses humaines, mais ce n'est rien encore.
Ah, si vous connaissiez alors de quelle force magique un homme
est doué, quels sont les trésors de puissance intellectuelle,
et quelle longévité de corps il trouve en lui-même, quand,
se détachant de toute espèce de passions humaines, il emploie
toute son énergie au profit de son âme ! Si vous pouviez
jouir pendant deux minutes des richesses que Dieu dispense
aux hommes sages qui ne considèrent l'amour que comme un
besoin passager auquel il suffit d'obéir à vingt ans, six mois
durant... ah, vous iriez vivre dans les cieux !... Vous y
trouveriez l'amour que vous cherchez dans la fange terrestre ;
vous y entendriez des concerts autrement mélodieux que ceux
de M. Rossini, des voix plus pures que celle de la Malibran.
(Physiologie du Mariage.)

Et, dans l'existence imaginaire de la création romanesque, on sait que Balzac a entrevu la possibilité d'une
conciliation entre l'intensité et la durée. En plongeant
dans la nuit de *La Comédie Humaine*, il a cru se dérober
à l'usure des passions. L'antiquaire et Gobseck parlent
en romanciers : « *Je m'en amuse comme de romans que*
je lirais par une sorte de vision intérieure »...

Que cette voie soit sans issue, Balzac l'apprend vite.
La créature détruit son créateur : les filles de Goriot
tuent Goriot, Lucien assassine en mourant une part
de Vautrin. Sa lutte de chaque nuit avec l'Ange a usé
Balzac plus que ne l'eussent fait les brûlures des passions.
A l'antinomie de la puissance et de la vie, nul moyen
d'échapper. L'imagination est une autre vie, incompa-
rablement plus destructrice. Car, justement, les romans
ne sont pas donnés dans une sorte de *« vision intérieure »* ; ils
doivent être écrits, non pas rêvés comme Frenhofer et
Gambara rêvent leur œuvre ; ils sont autant de gestes
de vie. Le plan sur lequel se situent des figures comme
celles de l'antiquaire et de Gobseck n'est pas celui sur
lequel se situent Vautrin et Raphaël (et Balzac lui-même).
C'est le mythe au second degré : ce sont des personnages
irréels, les témoins d'une sagesse que nul ne peut rejoindre.
Toute puissance se paie.

Balzac en refusera-t-il le prix ? La mort l'a hanté, bien qu'il ait dit : « *La mort est inévitable ! Oublions-la.* » Nul doute qu'il ne l'ait éprouvée comme une fatalité, comme la limite qui empêche l'achèvement de son œuvre. « *Car il faut achever, et le temps est l'étoffe première.* » (A Zulma, avril 1835.) Et encore : « *Je n'ai qu'une seule bonne qualité, c'est la persistante énergie des rats, qui rongeraient l'acier s'ils vivaient autant que les corbeaux.* » (A Zulma, août 1835.) Pourtant, entre la puissance et la durée, il choisit la puissance. Tous les héros en qui il se reconnaît, et en qui nous le reconnaissons, optent pour son affirmation destructrice, *quoiqu'il advienne,* et ils savent tous ce qu'il adviendra. Au plus profond de lui-même, ce n'est pas la durée qu'il veut, et Ruggieri n'est qu'un sorcier auquel il ne croit pas. « *Le problème de la vie n'est pas sa durée, mais la qualité, le varié, le nombre de ses sensations.* » (Voyage de Paris à Java.) Et pourtant, il est sans illusions. « *Pourriez-vous trouver un grand résultat humain, obtenu sans un mouvement excessif, matériel ou moral ? Parmi les grands hommes, Charlemagne et Voltaire sont deux immenses exceptions. Eux seuls ont vécu longtemps en conduisant leur siècle. En creusant toutes les choses humaines, vous y trouverez l'effroyable antagonisme de deux forces qui produit la vie, mais qui ne laisse à la science qu'une négation pour toute formule. Rien sera la perpétuelle épigraphe de nos tentatives scientifiques.* » (Théorie de la démarche.) N'importe : il assume la vie et, avec elle, cet inévitable Rien.

Nous avons vu que son mysticisme, loin de se traduire dans le langage d'une extase statique, est lié aux métaphores de l'espace et du temps parcourus. Et sans doute saisirions-nous la même vérité sur le plan où la pensée balzacienne semble le plus soumise à l'idée d'ordre : la politique. On sait que Balzac a écrit à la lumière des « *vérités éternelles* », qu'il prêche « *le retour aux principes qui se trouvent dans le passé par cela même qu'ils sont éternels* » (Avant-propos). « *Les institutions doivent être fixes, la religion éternelle* » (Catéchisme social). — Mais on connaît aussi l'accent révolutionnaire de *La Comédie Humaine.* On sent que Balzac est de cœur non avec les représentants de l'ordre, mais avec ceux qui marchent *sur lui.* Sans doute le héros balzacien n'est-il pas au sens précis du mot un révolutionnaire, puisqu'il n'attaque jamais l'ordre pour le remplacer par un autre qu'il croit meilleur. Mais il l'est profondément, et à l'infini, marchant sur la société pour s'emparer d'elle, lui imposer sa marque, et léguer cet exemple à d'autres combattants. La politique vécue de Balzac est celle de la montée des ambitions ; elle exalte le trouble, l'ébranlement des traditions que sa pensée respecte. L'ordre éternel des sociétés, qui interdit devant lui tout désir, toute volonté de puissance, joue exactement le même rôle que ce mythe de la vie immobile que le désir, quoi qu'il arrive, est décidé à rejeter. C'est le souhait prudent et peureux de la longévité qui s'exprime dans le conservatisme. Mais tel n'est pas le vœu profond de Balzac. « *Je fais partie de l'opposition qui s'appelle la vie.* »

Le conflit entre la puissance destructrice du désir et le vœu d'une longévité immobile n'est pas la clef de l'œuvre. Si Balzac s'épouvante de la brièveté de la vie, le souhait d'une durée statique ne fut jamais le sien. N'a-t-il pas dit qu'il donnerait dix années à prendre dans sa vieillesse pour posséder son rêve dès aujourd'hui ? Certes, la mort a partie liée avec toutes les incarnations possibles du destin. Mais le destin — la limite qui arrête l'élan victorieux de chaque personnage, la raison de son échec — est ici encore autre chose qu'elle. Et la force qui s'affronte à cette limite, autre chose encore que la volonté de vaincre la mort.

Rien ne définit plus profondément ce désir efficace, qui est celui du héros balzacien, que son caractère insatiable, le lien entre le désir et l'avenir. Non point qu'en présence de son objet le désir échoue, ou s'en déprenne : il n'y a ici ni le drame de l'impuissance, ni même celui de l'éternel désenchantement. Mais la victoire du désir n'apaise pas le désir, sa satisfaction ne le comble pas : il est de sa nature de se projeter toujours au-devant de soi. Comme ses héros, Balzac marche de conquête en conquête, mais aussi de désir en désir. Après un livre, il y a toujours un autre livre à écrire. Après cet argent gagné, ce luxe conquis, le désir de davantage encore. Après cet amour, un autre amour ; et quand il rencontrera le dernier, une exigence telle que rien ne la comblera. La force disproportionnée que certains personnages engagent dans une passion définie montre bien qu'elle est en quête d'autre chose. Et Balzac ne fut rien que ce désir toujours renaissant du désir, cet espoir de posséder survivant à toutes les possessions, cet élan vers l'avenir qui s'éprouve à la fois comme victorieux de tous les obstacles et sans cesse contraint de se mesurer avec eux, — une vie perpétuellement *en projet.*

Je n'ai besoin que d'un ou deux mois d'assurés, car j'ai enfin retrouvé ce matin cette énergie qui m'a fait surmonter les entraves de ma vie, et ce n'est pas au moment d'être à la tête des intelligences de l'Europe que je m'arrêterai. (A Laure Surville, juillet 1832.)

Mes travaux ne sont rien en comparaison de mes travaux à faire... Il est dit que je n'aurai jamais le bonheur complet, ma libération, la liberté, tout, qu'en perspective. (A Zulma, janvier 1834.)

Enfin, Chère, je vois le bleu dans mon ciel. Encore cinq mois, et je serai quitte. (A Zulma, octobre 1835.)

Cependant, l'avenir commence à se rapprocher. (A Zulma, mars 1839.)

C'est toujours la même chose : des nuits, et toujours des volumes ! Ce que je veux faire est si élevé, si vaste ! (A Zulma, août 1840.)

Vous ne vous figurez pas ce que c'est que La Comédie Humaine. *C'est plus vaste, littérairement parlant, que la cathédrale de Bourges architecturalement. Voilà seize ans que j'y suis, et il faut huit autres années pour terminer.* (A Zulma, janvier 1845.)

Moi qui n'existe que par l'espoir, et qui suis un phénomène d'espérance... (A Ève, décembre 1846.)

L'avenir a de quoi se donner carrière. (A Ève, juin 1847.)

Je commencerai la vie dans quelques mois. (A Ève, juin 1847.)

Je n'ai eu ni jeunesse heureuse, ni printemps fleuri : j'aurai le plus brillant été, le plus doux de tous les automnes. (A Zulma, mars 1850.)

Espoir ou Souci, la vie n'existe qu'en projet, qu'en perspective. Jamais nous ne voyons l'existence balzacienne bloquée dans son présent. Jamais nous ne la voyons trouvant sa mesure dans une possession quelconque. L'objet du désir balzacien est la Totalité.

Voix profonde de l'œuvre, à laquelle répondait sans doute, pour l'observateur perspicace, l'apparence de l'homme. Cet appétit de la totalité, qui ne peut prendre que la forme d'un projet perpétuel, Gozlan l'a admirablement deviné : « Il était l'être encyclopédique par déraison et par excellence ; il ne voulait pas d'un fait pris à part : pour lui, ce fait tenait à un autre fait, cet autre à mille autres ; l'atome, dans ses doigts, devenait un monde ; le monde, à son tour, créait un univers. Tout ce qu'il écrivait, articles, livres, romans, drames, comédies, n'était que la préface de ce qu'il comptait écrire, et ce qu'il comptait écrire n'était qu'une préparation à d'autres ouvrages pareillement générateurs. Aussi, l'on peut dire de sa vie ce qu'il disait lui-même de chacun de ses ouvrages, qu'elle n'a été que la préface de sa vie. »

Qu'il soit celui de la possession sensuelle ou celui de la possession intellectuelle, le désir appelle toujours un autre désir parce que le monde balzacien est celui d'une unité où rien n'a de sens ni de complétude par soi-même. Une idée appelle toutes les idées qui ont avec elle un lien de principe ou de conséquence : de proche en proche, l'univers entier des idées. Le moindre fait tient à l'ensemble des faits. L'esprit appartient de naissance à la totalité de l'univers, et le désir qui en est le double, la projection charnelle, est lui aussi voué à cette totalité. A cette âme sans limite, il faut non cet amour, mais

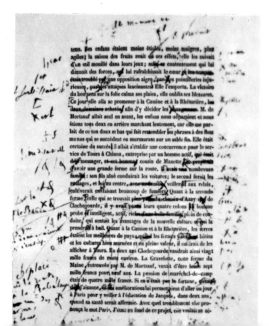

Épreuves du
Lys dans la Vallée.

l'Amour, non ces biens matériels, mais cet Or mystique qui étincelle au fond des ténèbres ; à cet esprit sans limites, il faut les choses « *dans leurs ramifications originelles et conséquentielles* ». Rien n'est insignifiant, et rien n'a de sens par soi-même : il faut tout posséder. Dans le hâtif encyclopédisme balzacien perce cette fureur d'un esprit avide, et la même passion de la totalité donne aux célèbres inventaires, où l'on a voulu voir les scrupules du réalisme naissant, une sorte de mouvement désespéré. Dans son souci de l'élégance, du décor, de la vie, de la démarche, dans ses manies de collectionneur, dans la minutie avec laquelle il s'inquiète, écrivant de Wierzchownia à sa mère, des moindres détails de l'ameublement de la rue Fortunée, discernons, bien au delà des signes de la frivolité, l'expression pathétique d'un désir qui veut tout entraîner dans son sillage. Sachons surprendre l'élan qui soulève ces lourdes pages, ces paragraphes sans blancs, sans pauses, ces romans sans chapitres où l'on ne parvient pas à saisir les arrêts de l'action, — l'emportement de celui qui se sait engagé dans une course qu'il ne peut pas gagner, pour vouloir tout dire et tout posséder avant que le temps ne le rattrape.

*Un meuble de
la rue Fortunée.*

Mais le temps le rattrapera, et il le sait. Comme l'espoir avance vers la mort, la mort avance vers lui. Sur l'écran de chaque roman balzacien se projette l'image d'une vie impérieuse, marchant avec exaltation vers un horizon d'où se lève bientôt un soleil meurtrier qui, d'instant en instant, grandit et se rapproche jusqu'à ce que flamboie la fulgurante collision. Au début, « *l'avenir a de quoi se donner carrière* », on ne sent de la vie que son élan. C'est alors l'admirable ton d'épopée que retrouve Balzac chaque fois qu'il évoque sa propre jeunesse, quand Lucien et Rastignac arrivent à Paris, quand Modeste Mignon imagine la vie. Le rideau n'est pas encore levé sur un monde qui préserve ses richesses : nous ne sommes qu'attente et espoir. Alors, et alors seulement, il y a un présent balzacien. Car si le présent balzacien est toujours un présent pour l'avenir, jamais un présent pour lui-même, il lui arrive d'être un présent que l'avenir n'a pas encore transformé en passé. C'est l'heure où le désir n'a pas déployé toute sa force, usé sa vertu, perdu ses illusions : l'heure du premier bal de Félix, de la promenade de Lucien dans les Tuileries, du « *A nous deux, maintenant !* » de Rastignac. Mais bientôt se rapproche le sifflement du monstrueux aérolithe qui gronde au fond de l'avenir. Alors, une étrange fureur s'empare des personnages. Les voici qui se ruent avec une hâte sans cesse grandissante vers ce destin qui se rapproche, d'un pas de somnambule aveugle, mais guidé. Le ton de la tragédie remplace celui de l'épopée. La technique balzacienne de la progression et de l'accélération dramatique déploie toutes ses ruses. Avant même la mortelle rencontre, l'avenir n'est plus l'avenir, mais déjà le passé d'un présent qui se laisse gagner par lui et court de lui-même à sa perte. Alors le héros ne vit plus dans le temps de l'action libre, dans la durée vivante et irréversible : il est le prisonnier d'un temps qui a eu lieu. L'instant ne court plus en avant, mais en arrière, avide de disparaître dans son passé. Lorsque Marie se glisse dans le lit nuptial et murmure : *Six heures à vivre,* il nous semble que la phrase est dite non par elle-même, mais par le témoin invisible qui la contemple déjà couchée dans son tombeau. Contamination du présent si profonde, dans le récit, que nous ne savons plus à quel moment nous sommes et que rien n'est plus malaisé dans un roman balzacien, sitôt abandonné

zac vers 1840 (eau-forte originale de Gavarni).

le temps de l'épopée, que de discerner le moment où commence une action vraiment actuelle. Le récit ronge les scènes comme le destin ronge la vie.

S'agit-il seulement de la mort comme arrêt de l'existence individuelle ? Si la recherche de l'absolu échoue, est-ce seulement parce qu'elle n'a pas le temps de s'accomplir ? La mort n'est qu'un masque, la figuration familière d'un plus profond destin. A supposer l'existence sans terme, son objet — la possession de la totalité — en aurait-il plus de sens ? Bien qu'elle s'éprouve comme projet, marche vers l'avenir, cette recherche de la totalité est en réalité, nous le savons, recherche de la vie d'avant la vie, du principe primitif, des causes originelles. Dans le texte préexistant de la création, tout est déjà décidé, accompli. Ce que la vie recherche, dans son élan vers l'avenir, c'est la vision de cette « *Apocalypse rétrograde* » que Balzac a évoquée à propos de l'œuvre de Cuvier :

Vous êtes-vous jamais lancé dans l'immensité de l'espace et du temps, en lisant les œuvres géologiques de Cuvier ? Emporté par son génie, avez-vous plané sur l'abîme sans bornes du passé comme soutenu par la main d'un enchanteur ? En découvrant de tranche en tranche, de couche en couche, sous les carrières de Montmartre, ou dans les schistes de l'Oural, ces animaux dont les dépouilles fossilisées appartiennent à des civilisations antédiluviennes, l'âme est effrayée d'entrevoir des milliards d'années, des millions de peuples que la faible mémoire humaine, que l'indestructible tradition divine ont oubliés et dont la cendre entassée à la surface de notre globe, y forme les deux pieds de terre qui nous donnent du pain et des fleurs. Cuvier n'est-il pas le plus grand poète de notre siècle ? Lord Byron a bien reproduit par des mots quelques agitations morales ; mais notre immortel naturaliste a reconstruit des mondes avec des os blanchis, a rebâti comme Cadmus des cités avec des dents, a repeuplé mille forêts de tous les mystères de la zoologie avec quelques fragments de houille, a retrouvé des populations de géants dans le pied d'un mammouth. Ces figures se dressent, grandissent et meublent des régions en harmonie avec leurs statures colossales. Il est poète avec des chiffres, il est sublime en posant un zéro près d'un sept. Il réveille le néant sans prononcer des paroles artificiellement magiques ; il fouille une parcelle de gypse, y aperçoit une empreinte et vous crie :

Voyez ! Soudain les marbres s'animalisent, la mort se vivifie,
le monde se déroule ! Après d'innombrables dynasties de
créatures gigantesques, après des races de poissons, et des
clans de mollusques, arrive enfin le genre humain, produit
dégénéré d'un type grandiose, brisé peut-être par le Créateur.
Échauffés par son regard rétrospectif, ces hommes chétifs,
nés d'hier, peuvent franchir le chaos, entonner un hymne
sans fin et se configurer le passé de l'univers dans une sorte
d'Apocalypse rétrograde. En présence de cette épouvantable
résurrection due à la voix d'un seul homme, la miette dont
l'usufruit nous est concédé dans cet infini sans nom, commun
à toutes les sphères et que nous avons nommé Le Temps,
cette minute de vie nous fait pitié. Nous nous demandons,
écrasés que nous sommes sous tant d'univers en ruines,
à quoi bon nos gloires, nos haines, nos amours : et si, pour
devenir un point intangible dans l'avenir, la peine de vivre
doit s'accepter ?... (La Peau de Chagrin.)

Ainsi, la mort individuelle interrompt moins une vie
qui pourrait posséder dans l'avenir son accomplissement
et sa signification qu'elle ne lui rappelle que cette signification n'est pas en avant, mais en arrière ; elle l'avertit
qu'elle est déjà accomplie, qu'en dehors de son principe
créateur, elle n'est rien. Sans doute la mort n'est-elle le
vrai drame que pour celui qui attend de l'avenir quelque
imprévisible réconciliation. Or l'avenir, pour Balzac,
ne débouche sur rien qui ne soit déjà donné : il ne croit
pas plus à une société susceptible d'un ordre meilleur
qu'à une existence personnelle capable de se donner
une sagesse supérieure à son drame. Ce n'est pas la mort
qui arrête Lambert, Minna et Wilfrid ; ce n'est pas la
mort qui donne cette expression de « *désespoir dans*
l'espérance » au héros des *Proscrits* :

Déjà, je voyais dans le lointain la clarté du Paradis
qui brillait à une distance énorme, j'étais dans la nuit, mais
sur les limites du jour. Je volais, emporté par mon guide,
entraîné par une puissance semblable à celle qui pendant
nos rêves nous ravit dans les sphères invisibles aux yeux
du corps. L'auréole qui ceignait nos fronts faisait fuir les
ombres sur notre passage, comme une impalpable poussière.
Loin de nous, les soleils de tous les univers jetaient à peine
la faible lueur des lucioles de mon pays. J'allais atteindre

les champs de l'air où, vers le Paradis, les masses de lumière se multiplient, où l'on fend facilement l'azur, où les innombrables mondes jaillissent comme des fleurs dans une prairie. Là, sur la dernière ligne circulaire qui appartenait encore aux fantômes que je laissais derrière moi, semblables à des chagrins qu'on veut oublier, je vis une grande ombre. Debout et dans une attitude ardente, cette âme dévorait les espaces du regard, ses pieds restaient attachés par le pouvoir de Dieu sur le dernier point de cette ligne où elle accomplissait sans cesse la tension pénible par laquelle nous projetons nos forces lorsque nous voulons prendre notre élan, comme des oiseaux prêts à s'envoler. Je reconnus un homme, il ne nous regarda, ne nous entendit pas ; tous ses muscles tressaillaient et haletaient ; par chaque parcelle de temps, il semblait éprouver sans faire un seul pas la fatigue de traverser l'infini qui le séparait du paradis où sa vue plongeait sans cesse, où il croyait entrevoir une image chérie. Sur la dernière porte de l'Enfer, comme sur la première, je lus une expression de désespoir dans l'espérance.

Qu'est-ce donc ? Bien sûr, c'est l'impuissance à abolir la condition humaine. Mais qu'est-ce que cette condition pour Balzac ? L'impossibilité d'accomplir l'Apocalypse rétrograde, de posséder pleinement le monde des causes, cette « nature naturante » dont rêve la « nature naturée » ? Il faut aller plus loin encore. Relisons les pages de *Melmoth Réconcilié*, les plus éclairantes peut-être que Balzac ait écrites, et qui nous dépeignent « *la mélancolie de la suprême puissance* » :

Le premier usage que Castanier s'était promis de faire du terrible pouvoir qu'il venait d'acheter, au prix de son éternité bienheureuse, était la satisfaction pleine et entière de ses goûts. Après avoir mis ordre à ses affaires, et rendu facilement ses comptes à Monsieur de Nucingen qui lui donna pour successeur un bon Allemand, il voulut une bacchanale digne des beaux jours de l'empire romain, et s'y plongea désespérément comme Balthazar à son dernier festin. Mais, comme Balthazar, il vit distinctement une main pleine de lumière qui lui traça son arrêt au milieu de ses joies, non pas sur les murs étroits d'une salle, mais sur les parois immenses où se dessine l'arc-en-ciel. Son festin ne fut pas en effet une orgie circonscrite aux bornes d'un banquet, ce fut une dissipation de toutes les forces et de toutes les jouissances. La table était en quelque sorte la terre même qu'il sentait trembler sous ses pieds. Ce fut la dernière fête d'un dissi- pateur qui ne ménage plus rien. En puisant à pleines mains dans le trésor des voluptés humaines dont la clef lui avait été remise par le Démon, il en atteignit promptement le fond. Cette énorme puissance, en un instant appréhendée, fut en un instant exercée, jugée, usée. Ce qui était tout, ne fut rien. Il arrive souvent que la possession tue les plus immenses poèmes du désir, aux rêves duquel l'objet possédé répond rarement. Ce triste dénouement de quelques passions était celui que cachait l'omnipotence de Melmoth. L'inanité de la nature humaine fut soudain révélée à son successeur auquel la suprême puissance apporta le néant pour dot. Afin de bien comprendre la situation bizarre dans laquelle se trouva Castanier, il faudrait pouvoir en apprécier par la pensée les rapides révolutions et concevoir combien elles eurent peu de durée, ce dont il est difficile de donner une idée à ceux qui restent emprisonnés par les lois du temps, de l'espace et des distances. Ses facultés agrandies avaient changé les rapports qui existaient auparavant entre le monde et lui. Comme Melmoth, Castanier pouvait en quelques instants, être dans les riantes vallées de l'Hindoustan, passer sur les ailes des démons à travers les déserts de l'Afrique, et glisser sur les mers. De même que sa lucidité lui faisait tout pénétrer à l'instant où sa vue se portait sur un objet matériel ou dans la pensée d'autrui, de même sa langue happait pour ainsi dire toutes les saveurs d'un coup. Son plaisir ressemblait au coup de hache du despotisme qui abat l'arbre pour en avoir les fruits. Les transitions, les alternatives qui mesurent la joie, la souffrance, et varient toutes les jouissances humaines, n'existaient plus pour lui. Son palais, devenu sensitif outre mesure, s'était blasé tout à coup en se rassasiant de tout. Les femmes et la bonne chère furent deux plaisirs si complètement assouvis, du moment qu'il put les goûter de manière à se trouver au delà du plaisir, qu'il n'eut plus envie ni de manger, ni d'aimer. Se sachant maître de toutes les femmes qu'il souhaiterait, et se sachant armé d'une force qui ne devrait jamais faillir, il ne voulait plus de femmes ; en les trouvant par avance soumises à ses caprices les plus désordonnés, il se sentait une horrible soif d'amour, et les désirait plus aimantes qu'elles ne pouvaient l'être. Mais la seule chose que lui refusait le monde, c'était

la foi, la prière, ces deux onctueuses et consolantes amours.
On lui obéissait. Ce fut un horrible état. Les torrents de
douleurs, de plaisirs et de pensées qui secouaient son corps
et son âme eussent emporté la créature humaine la plus
forte ; mais il y avait en lui une puissance de vie propor-
tionnée à la vigueur des sensations qui l'assaillaient. Il
sentit en dedans de lui quelque chose d'immense que la terre
ne satisfaisait plus. Il passait la journée à étendre ses ailes,
à vouloir traverser les sphères lumineuses dont il avait
une intuition nette et désespérante. Il se desséchal intérieure-
ment, car il eut soif et faim de choses qui ne se buvaient
ni se mangeaient, mais qui l'attiraient irrésistiblement.
Ses lèvres devinrent ardentes de désir comme l'étaient
celles de Melmoth, et il haletait après l'Inconnu, car il
connaissait tout. En voyant le principe et le mécanisme du
monde, il n'en admirait plus les résultats, et manifesta
bientôt ce dédain profond qui rend l'homme supérieur sem-
blable à un sphinx qui sait tout, voit tout, et garde une
silencieuse immobilité. Il ne se sentait pas la moindre velléité
de communiquer sa science aux autres hommes. Riche de
toute la terre, et pouvant la franchir d'un bond, la richesse
et le pouvoir ne signifièrent plus rien pour lui. Il éprouvait
cette horrible mélancolie de la suprême puissance à laquelle
Satan et Dieu ne remédient que par une activité dont le
secret n'appartient qu'à eux.

N'avons-nous pas compris, maintenant ? A supposer
que la vie soit sans terme, que la suprême connaissance
et la suprême puissance nous soient *données*, rien de tout
cela n'aurait de sens pour nous. Il y a chez Balzac un
espoir et un orgueil sans mesure, l'assurance que le voyant
peut voir la création telle que le créateur l'a créée. Mais
à quoi bon ? Nous accédons à la vision d'une création
déjà faite : il ne nous est pas permis de la voir en la faisant.
Dieu seul a le secret du mouvement, de l'acte dans la
connaissance et dans la possession absolue ; en Dieu seul
s'unissent la vie et la totalité. Dieu seul échappe à la
mélancolie de la suprême puissance par l'activité qui
consiste à créer le monde qu'il possède. La limite à laquelle
se heurte le héros balzacien, et dont la mort n'est qu'un
symbole, ce n'est pas la totalité inaccessible : *c'est la*
totalité déjà faite. La vie humaine n'a pas de sens en dehors
de la création. Et nous ne sommes pas le créateur.

On peut voir Dieu, et on peut l'imiter en écrivant
La Comédie Humaine : mais on ne peut pas être Dieu.
Que Balzac ait cru en Dieu, c'est-à-dire au monde divin
des causes, à une création qui, une fois pour toutes,
a décidé de l'univers, chacune de ses paroles l'a crié.
Mais Balzac n'a pas aimé Dieu. Son vœu n'est pas de le
rejoindre pour s'abîmer en lui, pas même de participer
à son secret : il est de se substituer à lui, de le détruire.
Je défie que l'on trouve dans son œuvre et dans sa correspondance le moindre mot ayant le son de sa voix,
et qui dise l'espoir de disparaître en Dieu — l'espoir de
la mort. Il a parfois souhaité la mort comme rémission,
fin de l'épreuve ; il a même songé au suicide. Il ne l'a
jamais regardée dans cette inextricable alliance d'espérances et de craintes de quiconque attend d'elle sa réunion
avec Dieu. Le désir de la mort qui s'exprime, en effet,
à la fin de *Séraphita*, la souffrance de l'exilé de Dieu qui
est celle du héros des *Proscrits*, répondent-ils à ce vaste
silence et à tant de paroles contraires ? Il arrive parfois

169

à Balzac de terminer un récit où il nous a montré le juste vaincu par l'injuste en disant que la légalité serait une belle chose, si Dieu n'existait pas. Mais lui suffit-il de voir en Dieu un redresseur de torts pour l'excuser de n'être pas à sa place ? Peut-être est-il permis de le séparer de quelques-uns de ses symboles, de quelques-unes de ses clausules conventionnelles, pour le rendre à la rébellion qui est sa profonde voix.

Tout homme voudrait être Dieu, a-t-on dit. Je ne le crois guère. Il y a en Montaigne et en Stendhal un homme satisfait d'être une certaine conscience de lui-même, en Gœthe un esprit comblé par la contemplation du monde, en Hugo une âme soumise à la présence énigmatique, et qui attend vraiment de la mort qu'elle lui redonne sa fille perdue. Mais, en Balzac, parmi tant de figures ambiguës ou d'apparences contraires, parlent l'espoir de l'usurpation prodigieuse et le désespoir de son absurdité. Il n'est pas cet homme qui, ayant assumé et dépassé l'échec de l'humain, attend de la fin de l'humain le Bien dont il est séparé : il est cet homme qui a vécu jusqu'au bout, dans une confusion inextricable, son espoir invincible et son échec sans recours. Car l'échec est sans recours, puisque Balzac n'attend rien de l'au-delà, et que son œuvre n'est qu'une victoire imaginaire, parodique (d'où la haine qu'il lui voue). Mais l'espoir lui aussi est sans recours, et jusqu'au bout la vie sera « *un phénomène d'espérance* », s'efforcera d'atteindre ce qu'elle ne peut atteindre, d'être ce qu'elle ne peut être. Broyé entre le Jour de la Création et le Jour du Jugement, « *l'instant de vie* », révélé à son *rien*, poursuit son impossible quête — « *monde divin* », « *vie rêvée* », « *concurrence à l'état-civil* » —, tente d'être le créateur d'une universelle possession. Le monde le plus désespéré, voué à l'ambition du plus inaccessible, un monde déjà mort à sa naissance, le monde du *Rien* — est en même temps celui où le désir pousse à jamais de nouvelles vagues, un monde dont l'espoir n'est pas plus séparable que de la vie le battement du sang.

GAÉTAN PICON.

Balzac par David d'Angers.

Bernard-François Balzac, père d'Honoré.

Chronologie

Collège de Vendôme (actuellement Lycée Ronsard).

20 mai 1799 : naissance à Tours d'Honoré de Balzac. Son père (qui a 53 ans) y est directeur des vivres pour la 22e division militaire. Sa mère a 21 ans.

Jusqu'en 1807. Elevé, avec sa sœur Laure, chez une nourrice : puis externe à Tours.

1807-1813. Pensionnaire au Collège des Oratoriens de Vendôme, où il vit à peu près complètement séparé de sa famille

1814. La famille Balzac s'installe à Paris. Études à la pension Lepître.

1816-1819. Études de droit ; stage chez Me Guyonnet de Merville (le Derville de *La Comédie humaine*), puis chez un notaire. Suit des cours de littérature en Sorbonne.

Maitre Guyonnet de Merville.

1819-1820. La famille Balzac s'installe à Villeparisis. Honoré refuse d'entrer chez un notaire ami de sa famille et déclare sa vocation littéraire. Premiers travaux, dans la mansarde du 9 de la rue Lesdiguières : *Cromwell*, tragédie en vers, récits philosophiques — *Stenie, Falthurne* ; vastes lectures.

L'Église de Villeparisis.

1820-1824. Se partage entre Paris et Villeparisis. Mariage de sa sœur Laure, qui s'installe à Bayeux. Il fait la connaissance de Zulma Carraud, amie de pension de Laure, qui restera jusqu'à la fin sa conseillère et son amie.

En 1822, rencontre Mme de Berny, qui a 22 ans de plus que lui : premier amour. Premières camaraderies littéraires : Le Poitevin de l'Egreville, Étienne Arago. Écrit (le plus souvent en collaboration) plusieurs romans qu'il publie sous différents pseudonymes (Lord R'Hoone, Horace de Saint-Aubin) : *L'Héritière de Birague, Jean-Louis, Clotilde de Lusignan, Le Centenaire, Le Vicaire des Ardennes, La Dernière fée* (1822). *Annette et le Criminel* (1824). Autres publications anonymes : *Du Droit d'aînesse, Histoire impartiale des Jésuites* (1824).

Zulma Carraud.

Madame de Berny.

L'imprimerie de Balzac rue Visconti.

1825-1827. Balzac tente de faire fortune : éditeur, puis imprimeur et fondeur de caractères. Liquidation judiciaire, qui ruine sa famille et pèsera sur toute sa vie. Se retourne vers la littérature : *Code des gens honnêtes, Wann-Chlore* (1825), *Petit dictionnaire critique et anecdotique des enseignes de Paris* (1826). Liaison avec la Duchesse d'Abrantès.

La duchesse d'Abrantès et Balzac.

1829. Mort de son père. Publication du *Dernier Chouan* (en 1834 : *Les Chouans*), premier roman incorporé à *La Comédie humaine*, écrit en partie sur place, à Fougères : obtient un certain succès. *Physiologie du Mariage* : succès de scandale.

1830. Commencement de la vie mondaine : il fréquente les salons de la Comtesse Merlin, de Sophie Gay, de Madame Récamier. Collabore à de nombreux journaux.

Balzac dans le monde.

Séjourne avec Laure de Berny à la Grenadière, de juin à septembre. Publication des *Scènes de la vie privée*, et de quelques autres récits : succès. Année décisive, où Balzac découvre son domaine romanesque : *La Maison du chat-qui-pelote, Le Bal de Sceaux, La Vendetta, Une double famille, La paix du ménage, Étude de femme, Gobseck, Un épisode sous la terreur, Une passion dans le désert, Adieu, El Verdugo, L'élixir de longue vie.*

La Grenadière (dessin de Daubigny).

1831. Vif succès de *La Peau de Chagrin*, suivie des *Romans et Contes philosophiques*. Année féconde : *Sarrasine, Jésus-Christ en Flandre, Le chef-d'œuvre inconnu, L'enfant maudit, Le Réquisitionnaire, Maître Cornelius, L'Auberge rouge, Sur Catherine de Médicis (Les deux rêves), Les Proscrits*. Commencement de *La Femme de trente ans*. Balzac devient un dandy, meuble magnifiquement l'appartement de la rue Cassini, achète chevaux et tilbury, commande au célèbre Buisson les plus ruineux costumes.

La maison de la rue Cassini.

Balzac et son cheval, par Eugène Delacroix.

La marquise de Castries.

Madame Hanska.

Une des cannes de Balzac.

1832. S'éprend de la marquise de Castries, nièce du Duc de Fitz-James. Ambitions politiques : adhère au parti néo-légitimiste, projets de candidature à la députation. Rupture avec la marquise, qu'il a suivie à Aix-les-Bains et à Genève. Publications : premier dizain des *Contes Drôlatiques, La Bourse, Madame Firmiani, Le Message, La Grenadière, La femme abandonnée, le Colonel Chabert, Le Curé de Tours, Les Marana.* Le 7 Novembre : première lettre anonyme de l'Étrangère. (Mme Hanska).

1833. Second dizain des *Contes drôlatiques, Louis Lambert, Eugénie Grandet, L'illustre Gaudissart, Ferragus, Le Médecin de Campagne.* Lettres admiratives de l'Étrangère, lettres amoureuses de Balzac. Le 25 septembre, à Neuchâtel, il rencontre la comtesse Éveline Hanska : de Noël 1833 à février 1834, nouvelle réunion des amants à Genève.

1834. Travail intensif et vie mondaine. Liaison avec la comtesse Guidoboni-Visconti, rencontrée à l'Ambassade d'Autriche. Dépenses somptuaires : canne à pommeau d'or semé de turquoises.

Retraite à Saché, chez M. de Margonne où il travaille à *Séraphita* et au *Père Goriot*. Publication de *La Duchesse de Langeais* et de *La Recherche de l'Absolu*.

Le château de Sache.

1835. Publication du *Père Goriot*, où il applique systématiquement pour la première fois le retour des personnages dont il a eu l'idée dès 1833 : l'unité de *La Comédie humaine* apparaît. Autres publications : *Le Contrat de mariage, la Fille aux yeux d'or, Le Lys dans la Vallée, Melmoth réconcilié, Un drame au bord de la mer, Séraphita*. Pour fuir les créanciers, il s'installe rue des Batailles, à Chaillot, dans un appartement qu'il loue sous le nom de « Veuve Durand ». Dans le boudoir qu'il décrit dans *La Fille aux yeux d'or*, il travaille jusqu'à seize heures de suite, mais y reçoit aussi la comtesse Visconti. En mai, il retrouve Mme Hanska à Vienne.

Balzac vers 1835 (dessin anonyme).

Madame Hanska.

La Bouleaunière.

Séjour auprès de Mme de Berny malade à la Bouleaunière.

Saché : le salon.

1836. Fondation de la *Chronique de Paris*. Voyage en Italie pour défendre les droits de la famille Visconti dans une affaire d'héritage, en compagnie de Mme Caroline Marbuty pour la circonstance déguisée en garçon. Séjour du couple à Turin. Mort de Mme de Berny. Séjour à Saché. Publications : *La Messe de l'athée, l'Interdiction, Facino Cane, Sur Catherine de Médicis (Le secret des Ruggieri)*, début du *Cabinet des Antiques*.

*Passeport de Balzac
lors de son séjour en Italie.*

1837. Nouveau voyage en Italie pour l'affaire Visconti : Milan (où il rencontre Manzoni), Venise, Gênes, Florence. Poursuivi par les huissiers pour une dette à son éditeur Werdet, il se cache chez les Visconti. Séjour à Saché.

Achat malheureux des Jardies, entre Sèvres et Ville-d'Avray. Publications : troisième dizain des *Contes Drôlatiques*, début des *Illusions perdues*, *La Vieille fille*, les *Employés*, *Gambara* et *César Birotteau*, roman d'une faillite où se reflètent ses préoccupations financières.

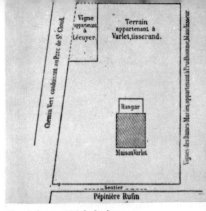

Plan de la propriété de Jardies.

1838. Séjour chez ses amis Carraud, à Frapesles ; visite à George Sand, à Nohant. Du 20 mars au 6 juin, voyage en Sardaigne pour explorer des mines d'argent jadis exploitées par les Romains et dont un négociant génois lui avait parlé l'année précédente. Balzac rêve de s'enrichir en créant une société qui les remettrait en activité. Le projet n'était pas chimérique (les mines sont actuellement exploitées), mais le voyage ne donne aucun résultat. Séjour à Guérande. Il abandonne ses deux appartements (rue Cassini et rue des Batailles) pour s'installer aux Jardies avec le couple Visconti. Publications : *La Maison Nucingen*, *Le Curé de Village*.

Le château de Frapesles.

Balzac aux Jardies, par Cassal.

Le notaire Peytel.

1839. Affaire Peytel. Balzac publie un mémoire pour soutenir l'innocence du notaire Peytel qu'il a connu en 1831, et qui est accusé d'avoir assassiné sa femme et son domestique. Échec. En Juillet, Victor Hugo déjeune aux Jardies avec Gozlan : Balzac songe à l'Académie française. Fin du *Cabinet des Antiques*, d'*Une fille d'Ève*, suite des *Illusions perdues*, début de *Splendeurs et Misères des Courtisanes*, *Béatrix*, *les Secrets de la Princesse de Cadignan*, *Massimilla Doni*.

Balzac devant l'Académie Française.

1840. Au théâtre de la Porte Saint-Martin, échec de *Vautrin*, drame que Balzac a tiré du *Père Goriot*. La pièce est interdite par le gouvernement, l'acteur Frédéric Lemaître s'étant grimé de façon à ressembler à Louis-Philippe. Fondation de la *Revue parisienne*, dont Balzac est l'unique rédacteur, et où il publie son éloge de *La Chartreuse de Parme* : elle n'aura que trois numéros. Balzac vend (à perte) les Jardies, s'installe à Passy, rue Basse, avec sa mère dont il se séparera bientôt. Publications : *Pierrette*, *Pierre Grassou*, *Un prince de la Bohême*, *Z. Marcas*.

La maison de la Rue Basse à Passy,
auj. rue Raynouard (façade rue Berton).

1841. La santé de Balzac, à la suite de ses travaux excessifs, est sérieusement ébranlée. Le 2 octobre, il signe le contrat pour l'édition de *La Comédie humaine* avec un consortium de libraires, Furne et Cⁱᵉ, Dubochet, Hetzel et Paulin. Publications : *Mémoires de deux jeunes mariées, La fausse maîtresse, Ursule Mirouet, La Rabouilleuse, Une ténébreuse affaire, Sur Catherine de Médicis (le Martyr Calviniste)*.

Le cabinet de travail de la Rue Basse.

La Comédie Humaine.

1842. En Janvier, Balzac apprend la mort du comte Hanski, survenue en novembre 1841. Il n'avait pas cessé d'écrire à Mme Hanska et de penser à elle : désormais le mariage sera son grand objectif. En mars, échec à l'Odéon d'un second drame : *Les Ressources de Quinola*. En avril, la *Bibliographie de la France* annonce la première livraison de *La Comédie humaine* ; la dernière livraison du premier volume contient l'Avant-propos. Publication d'*Un début dans la vie*, d'*Albert Savarus*, d'*Autre étude de femme*, début de *L'Envers de l'histoire contemporaine*.

Balzac en 1842 (pastel de Gérard-Séguin).

Balzac et Mme Hanska.

1843. Voyage à Saint-Petersbourg, où il rencontre Mme Hanska. Retour par Berlin, Potsdam, Leipzig, Dresde, Liège, Bruxelles : visite des musées. Le Docteur Nacquard le soigne pour l'inflammation de l'une des membranes qui composent les méninges (arachnitis). *La Comédie humaine* continue à paraître. Publication d'*Honorine*, de *La Muse du département*, fin des *Illusions perdues*.

Balzac en 1843, par David d'Angers.

1844. Santé de plus en plus menacée. Cependant, travail intensif. *Modeste Mignon, Gaudissart II*, fin de *La Femme de trente ans, Les Paysans*, dont les premiers chapitres paraissent dans *La Presse* (Balzac reprendra le roman sans le terminer). Lettres exaltées à Mme Hanska, où un certain découragement commence à percer : la loi russe interdisant l'aliénation des biens fonciers à un étranger, le mariage rencontre des obstacles dont Balzac s'accommode moins aisément que, semble-t-il, Mme Hanska.

Madame Hanska, par Gigoux.

1845. En mai, Balzac rejoint Mme Hanska à Dresde où l'ont accompagnée sa fille Anna et son fiancé. Voyage en Italie. Éveline et sa fille passent un mois chez Balzac, rue Basse. — *Un homme d'affaires*, et la fin des *Petites misères de la vie conjugale* (dont divers fragments ont paru de 1830 à 1840).

La maison de la Rue Basse.

1846. Achat de l'hôtel particulier de la rue Fortunée, où Balzac rêve d'installer bientôt « Mme Honoré ». Mariage de la fille de Mme Hanska. Naissance et mort de Victor-Honoré, fils de Balzac et d'Éveline : le père apprend la nouvelle à Paris, et en est profondément affecté. — *La Cousine Bette, Les Comédiens sans le savoir,* suite de *L'Envers de l'histoire contemporaine.*

Rue Fortunée (aujourd'hui rue Balzac).

1847. Séjour de Mme Hanska à Paris, rue Neuve-de-Berry (février-avril). Soucis de santé et d'argent : dépenses excessives pour l'installation de la rue Fortunée, chantage de Mme de Brugnol, servante-maîtresse qui s'est emparée de lettres de Mme Hanska, brouille avec Émile de Girardin. Le 28 juin, Balzac rédige son testament.

Madame Hanska, son gendre et sa fille.

Le château de Wierzchownia.

Après février 1848, par Tony Johannot.

En septembre, premier séjour à Wierzchownia, en Ukraine, chez Mme Hanska où il arrive très souffrant. Séjour à Kiev. Fin de *Splendeurs et Misères des Courtisanes*, publication du *Cousin Pons* et de *L'Élection* (*Le Député d'Arcis*, inachevé).

1848. Balzac est rentré à Paris le 16 février. Assiste aux émeutes du 21 et du 22. Échec de sa candidature à l'Assemblée constituante. Succès de son drame *La Marâtre*. Dernier séjour à Saché. Souffre d'une hypertrophie du cœur. Quitte Paris en septembre pour Wierzchownia.

1849. Malade à Wierzchownia pendant l'hiver 1848-1849. Échec à l'Académie française, où il n'a que les voix de Lamartine et de Hugo.

1850. Son état de santé s'aggrave en Ukraine, cependant que Mme Balzac installe la rue Fortunée selon ses directives minutieuses. Le 14 mars, le mariage de Balzac et de la comtesse Hanska est célébré dans l'église Sainte-Barbe de Berditcheff. En mai, les époux partent pour Paris : crises d'étouffement de Balzac pendant le voyage. Le 21 mai au soir, ils arrivent devant la maison de la rue Fortunée, dont la porte est close : devenu fou, le domestique s'est barricadé à l'intérieur.

Wierzchownia : le salon de Mme Hanska.

Balzac s'alite pour ne plus se relever. Le 18 août au soir, Victor Hugo vient voir le mourant et rapporte sa visite dans *Choses vues*. « Il avait la face violette, presque noire, inclinée à droite, la barbe non faite, les cheveux gris et coupés courts, l'œil ouvert et fixe. Je le voyais de profil, et il ressemblait ainsi à l'empereur. » — Balzac meurt quelques heures après. Le 21, obsèques à Saint-Philippe-du-Roule. Discours de Hugo au Cimetière du Père-Lachaise.

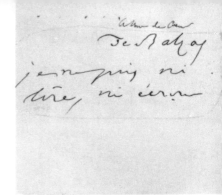

La dernière phrase (20 juin 1850).

PUBLICATIONS POSTHUMES :

Les Petits bourgeois, ouvrage auquel Balzac a travaillé en 1844 et en 1846, est le seul roman appartenant à *La Comédie humaine* qui ait été publié après sa mort, remanié et « achevé » par Rabou dans *le Pays* (juillet-octobre 1854) — les éditions actuelles arrêtent naturellement le roman à l'endroit où Balzac l'a laissé.

La Femme auteur et *Un Caractère de femme* (récits commencés en 1847, inachevés) : publiés par M. Bardèche en 1950 (Bernard Grasset).

Mademoiselle du Vissard (1847) : Commencement d'un roman abandonné, publié en 1950 (J. Corti).

Le Prêtre catholique, roman lié à *La Vieille fille*, dont quelques pages furent écrites en 1832 et 1834 ; publié par Ph. Bertault (*Les Études balzaciennes*, n° 3-4 et Club français du livre, 1952).

Faire-part de l'enterrement de Balzac.

Tombe de Balzac au Père-Lachaise.

Index

TITRES DES ŒUVRES EN ITALIQUE
NOMS DES PERSONNAGES EN ROMAIN

Œuvres en librairie

BÉATRIX : Garnier; Livre de poche.
LE CABINET DES ANTIQUES : Garnier.
CÉSAR BIROTTEAU : Garnier; Le Livre de poche.
LE CHEF-D'ŒUVRE INCONNU : Le Livre de poche.
LES CHOUANS : Garnier; Le Livre de poche; Gallimard/Folio.
LE COLONEL CHABERT : Didier; Le Livre de poche.
LE CONTRAT DE MARIAGE : Garnier-Flammarion.
LE COUSIN PONS : Garnier; Le Livre de poche ; Gallimard/Folio.
LA COUSINE BETTE : Garnier; Le Livre de poche; Gallimard/Folio.
LE CURÉ DE TOURS : Garnier; Garnier-Flammarion.
LE CURÉ DE VILLAGE : Le Livre de poche; Garnier-Flammarion.
LE DOIGT DE DIEU : Université de Louvain.
LA DUCHESSE DE LANGEAIS : Nizet; Le Livre de poche. Voir aussi HISTOIRE DES TREIZE.
L'ÉGLISE : Droz.
LES EMPLOYÉS : Le Livre de poche.
L'ENFANT MAUDIT : Belles Lettres.
L'ENVERS DE L'HISTOIRE CONTEMPORAINE : Garnier; Le Livre de poche.
ÉTUDE DE FEMME : Le Livre de poche.
EUGÉNIE GRANDET : Garnier; Garnier-Flammarion; Le Livre de poche; Gallimard/Folio.
FALTHURNE : Corti.
LA FAUSSE MAITRESSE : Le Livre de poche.
LA FEMME DE TRENTE ANS : Garnier ; Garnier-Flammarion; Le Livre de poche.
FERRAGUS : Voir HISTOIRE DES TREIZE.
LA FILLE AUX YEUX D'OR : Voir HISTOIRE DES TREIZE.
GAMBARA : Corti.
GOBSECK : Le Livre de poche.
HISTOIRE DES TREIZE : Garnier.
ILLUSIONS PERDUES : Colin; Garnier; Garnier-Flammarion; Le Livre de poche; Galli-
    mard/Folio.
L'ILLUSTRE GAUDISSART : Garnier; Le Livre de poche.
LOUIS LAMBERT : Corti; Le Livre de poche.
LE LYS DANS LA VALLÉE : Garnier; Le Livre de poche; Gallimard/Folio.
LA MAISON DU CHAT QUI PELOTE : Garnier; Le Livre de poche.
MASSIMILA DONI : Corti.
LE MÉDECIN DE CAMPAGNE : Garnier; Garnier-Flammarion; Le Livre de poche.
MÉMOIRES DE DEUX JEUNES MARIÉES : Le Livre de poche.
MODESTE MIGNON : Le Livre de poche.
MONOGRAPHIE DE LA PRESSE PARISIENNE : Pauvert.
MORCEAUX CHOISIS : Didier.
LES PAYSANS : Garnier; Garnier-Flammarion; Le Livre de poche.
LA PEAU DE CHAGRIN : Garnier; Garnier-Flammarion; Le Livre de poche.
LE PÈRE GORIOT : Garnier; Garnier-Flammarion; Le Livre de poche; Gallimard/Folio.
LES PETITS BOURGEOIS : Garnier.
PHYSIOLOGIE DU MARIAGE : Garnier-Flammarion; Le Livre de poche.
PIERRETTE : Garnier-Flammarion; Le Livre de poche.
LA RABOUILLEUSE : Garnier; Le Livre de poche; Gallimard/Folio.
LA RECHERCHE DE L'ABSOLU : Le Livre de poche.
SPLENDEURS ET MISÈRES DES COURTISANES : Garnier; Garnier-Flammarion; Le Livre de
    poche.
STÉNIE OU LES ERREURS PHILOSOPHIQUES : Courville.
UN DÉBUT DANS LA VIE : Droz; Le Livre de poche.
UNE DOUBLE FAMILLE : Gallimard/Folio.
UNE FILLE D'ÈVE : Garnier-Flammarion; Le Livre de poche.
UNE TÉNÉBREUSE AFFAIRE : Le Livre de poche.
URSULE MIROUET : Le Livre de poche.
LA VIEILLE FILLE : Garnier; Le Livre de poche.

Bibliographie

établie par Christian Galantaris.

Éditions

LA COMÉDIE HUMAINE, Furne, Dubochet, etc. (1842-1848) 17 vol. Nouvelle édition d'après l'exemplaire annoté de Balzac, plus 3 vol. d'œuvres complémentaires, Houssiaux (1853-1855) 20 vol.

ŒUVRES COMPLÈTES, texte par M. Bouteron et H. Longnon, Conard (1912-1940) 40 vol.

LA COMÉDIE HUMAINE – LES CONTES DRÔLATIQUES, présentation par M. Bouteron, la Pléiade (1935-1959) 11 vol.

L'ŒUVRE DE BALZAC, publiée dans un ordre nouveau par A. Béguin, Club Français du Livre (1949-1953) 16 vol. Réédition 1962-1964.

ŒUVRES COMPLÈTES, édition établie par la Société des études balzaciennes (sous la direction de M. Bardèche) Club de l'honnête homme (1956-1963) 28 vol. Réédition revue (1968-1971) 24 vol.

LA COMÉDIE HUMAINE, préface de P.-G. Castex, présentation et notes par P. Citron, Éd. du Seuil, coll. « L'Intégrale » (1965-1967) 7 vol.

ŒUVRE COMPLÈTE ILLUSTRÉE, dirigée par J.-A. Ducourneau, reproduisant l'exemplaire de l'édition Furne avec les annotations de Balzac, Les Bibliophiles de l'Originale (1965) 28 vol. parus sur 34.

CORRESPONDANCE, édition Roger Pierrot, Garnier (1960-1969) 5 vol.

LETTRES A MME HANSKA 1832-1848, édition R. Pierrot, Éd. du Delta (1967-1971) 4 vol.

Études biographiques, bibliographiques et critiques

P. Abraham : *Balzac* (Rieder, 1929) – *Recherches sur la création intellectuelle : Créatures chez Balzac* (N.R.F., 1931).

Alain : *En lisant Balzac* (Martinet, 1935) – *Avec Balzac* (N.R.F., 1937).

A. Allemand : *Unité et Structure de l'univers balzacien* (Plon, 1965).

Année balzacienne (L') 1960-1973, 14 vol. (Garnier, 1960-1973).

Arrigon L.-J. : *Les Débuts littéraires de Balzac* (Perrin, 1924) – *Les Années romantiques de Balzac* (Perrin, 1927).

G. Atkinson : *Les Idées de Balzac d'après la Comédie humaine* (Droz, 1949-1950), 5 vol.

F. Baldensperger : *Orientations étrangères chez H. de Balzac* (Champion, 1927).

P. Barbéris : *Aux Sources de Balzac. Les Romans de jeunesse.* (Les Bibliophiles de l'Originale, 1965) – *Balzac et le mal du siècle. Contribution à une physiologie du monde moderne* (N.R.F., 1971) 2 vol. – *Mythes balzaciens* (Colin, 1972).

M. Bardèche : *Balzac romancier* (Plon, 1940, réédition, Genève, Slatkine, 1967) – *Une lecture de Balzac* (Les Sept Couleurs, 1964).

M. Barrière : *L'Œuvre de H. de Balzac*, étude littéraire et philosophique (Calmann-Lévy, 1890).

A. Baschet : *Les Physionomies littéraires de ce temps : H. de Balzac* (D. Giraud, 1852).

A. Béguin : *Balzac lu et relu*, préface de G. Picon (Éd. du Seuil, 1965), contient *Balzac visionnaire* (Skira, 1946).

S.-J. Bérard : *La Genèse d'un roman de Balzac : Illusions perdues* (Colin, 1961) 2 vol.

Ph. Bertault : *Balzac et la religion* (Boivin, 1942).

A. Billy : *Vie de Balzac* (Flammarion, 1944, 2 vol. Rééditions : 1947 et, modifiée et illustrée sous le titre *Balzac*, Club des Éditeurs, 1959).

M. Blanchard : *Témoignages et jugements sur Balzac* (Champion, 1931) – *La campagne et ses habitants dans l'œuvre de H. de Balzac* (Champion, 1931).

O. Bonnard : *La Peinture dans la création balzacienne* (Droz, 1969).

J. Borel : *Personnages et destins balzaciens* (Corti, 1958) – *Médecine et psychiatrie balzaciennes* (Corti, 1971).

M. Bouteron : *Études balzaciennes* (Jouve, 1954).

R. Bouvier et E. Maynial : *Les Comptes dramatiques de Balzac* (Sorlot, 1938).

F. Brunetière : *Honoré de Balzac* (Calmann-Lévy, 1906).

A. Cerfberr et J. Christophe : *Répertoire de la Comédie humaine* (Calmann-Lévy, 1887).

Champfleury : *Grandes Figures d'hier et d'aujourd'hui : Balzac, G. de Nerval, Wagner, Courbet, Poulet-Malassis* (1861) – *Documents pour servir à la biographie de Balzac :* I. *Balzac propriétaire;* II. *Balzac au collège;* III. *Balzac, sa méthode de travail,* 1875-1879, 3 plaquettes.

H. Clouzot et R.-H. Valensi : *Le Paris de la Comédie humaine – Balzac et ses fournisseurs* (Le Goupy, 1926).

E.-R. Curtius : *Balzac* (Grasset, 1933).

G. Delattre : *Les Opinions littéraires de Balzac* (P.U.F., 1961).

G. Desnoiresterres : *M. de Balzac* (Permain, 1851).

J.-H. Donnard : *Les Réalités économiques et sociales dans la Comédie humaine* (Colin, 1961).

A. Ducourneau : *Album Balzac. Iconographie* (N.R.F. 1961).

Études Balzaciennes (Les) 1951-1960, 10 numéros en 7 vol.

E. Faguet : *Balzac* (Hachette, 1913).

M. Fargeaud : *Balzac et la recherche de l'absolu* (Hachette, 1968).

H.-U. Forest : *L'Esthétique du roman balzacien* (P.U.F., 1950).

Ch. Galantaris : *Les Portraits de Balzac connus et inconnus* (Maison de Balzac, 1971).

Th. Gautier : *Honoré de Balzac, sa vie et ses œuvres* (Bruxelles, 1858 - Paris, 1859).

A.-J. George : *Books by Balzac* (Syracuse University Press, 1960).

L. Gozlan : *Balzac en pantoufles* (Bruxelles, 1856). *Balzac chez lui, souvenirs des Jardies* (M. Lévy, 1862). Rééditions des deux ouvrages sous le titre *Balzac intime : 1886-1949.*

B. Guyon : *La pensée politique et sociale de Balzac* (Colin, 1947, édition augmentée d'une postface, 1967) – *La création littéraire chez Balzac* (Colin, 1951, édition augmentée, 1969).

G. Hanotaux et G. Vicaire : *La jeunesse de Balzac : Balzac imprimeur ; Balzac et Mme de Berny* (Ferroud, 1921).

L.-F. Hoffmann : *Répertoire géographique de la Comédie humaine : I. L'Étranger; II. La France* (Corti, 1965-1968) 2 vol.

Honoré de Balzac 1799-1850. Exposition organisée pour commémorer le centenaire de sa mort (catalogue), Bibliothèque nationale, 1950.

A. de Lamartine : *Balzac et ses œuvres* (M. Lévy, 1866).

V. Lambinet : *Balzac mis à nu et les dessous de la société romantique*, préface et notes par Charles Léger (Gaillandre, 1928).

P. Laubriet : *L'Intelligence de l'art chez Balzac* (Didier, 1961).

A. Le Breton : *Balzac, l'homme et l'œuvre* (Colin, 1905).

Ch. Lecour : *Essais d'art et de philosophie. Les Personnages de la Comédie humaine* (Vrin, 1966) 2 vol. dont un de tableaux généalogiques.

M. Le Yaouanc : *Nosographie de l'humanité balzacienne* (Maloine, 1959).

F. Longaud : *Dictionnaire de Balzac* (Larousse, 1969).

A. Lorant : *Les parents pauvres* (étude historique et critique, 1967), 2 vol.

F. Lotte : *Dictionnaire des personnages fictifs* (et anonymes) *de la Comédie humaine* (Corti, 1952-1956, 2 vol., édition refondue en 1 vol., 1967).

F. Marceau : *Balzac et son monde* (N.R.F., 1955, édition augmentée, 1970).

A. Maurois : *Prométhée ou la vie de Balzac* (Hachette, 1965).

G. Mayer : *La qualification affective dans les romans de Balzac* (Droz, 1940).

D.-Z. Milatchitch: *Le Théâtre* (et le théâtre inédit) *de H. de Balzac* (Hachette, 1930) 2 vol.

Per Nykrog : *La pensée de Balzac dans la Comédie humaine. Esquisse de quelques concepts-clés* (Copenhague, 1965).

A. Peytel : *Balzac juriste romantique* (Ponsot, 1950).

G. Picon : *Suite balzacienne.* In : *L'usage de la lecture* II (Mercure de France, 1963).

G. Pradalié : *Balzac historien* (P.U.F., 1955).

E. Preston : *Recherches sur la technique de Balzac* (Presses françaises, 1926).

A. Prioult : *Balzac avant la Comédie humaine* (Courville, 1936).
G.-B. Raser : *Guide to Balzac's Paris* (Choisy-le-Roi, 1964).
F. Roux : *Balzac jurisconsulte et criminaliste* (Dujarric, 1906).
W.-H. Royce : *A Balzac bibliography. Indexes to a Balzac bibliography* (Chicago University Press, 1929-1930) 2 vol. Nouvelle édition, New-York, H.-P. Kraus, 1969.
Ch. de Spoelberch de Lovenjoul : *Histoire des œuvres de H. de Balzac* (3ᵉ édition, Calmann-Lévy, 1888) – *Études balzaciennes: I. Un roman d'amour II. Autour de H. de Balzac* (Calmann-Lévy, 1896-1897) 2 vol. – *La genèse d'un roman de Balzac. Les Paysans* (Ollendorff, 1901).
N.-W. Stevenson : *Paris dans la Comédie humaine de Balzac* (Courville, 1938).
L. Surville : *Balzac. Sa vie et ses œuvres d'après sa correspondance* (Librairie nouvelle, 1858).
T. Takayama : *Les œuvres romanesques avortées de Balzac. 1829-1842* (Tokyo, 1966).
P. Van der Perre : *Les préfaçons belges. Bibliographie des véritables originales de H. de Balzac publiées en Belgique* (Bruxelles et Paris, 1941).
D. Wouga : *Balzac malgré lui. Essai* (Corti, 1957).
E. Werdet : *Portrait intime de Balzac. Sa vie, son humeur, son caractère* (Dentu, 1859).
A. Wurmser : *La Comédie inhumaine* (N.R.F. 1964).
S. Zweig : *Balzac, le roman de sa vie* (Grasset, 1950).

Illustrations

La plupart des documents illustrant ce livre ont été rassemblés par M. Jean A. Ducourneau et photographiés par Roger Roche et Albert Bricet. Roger-Viollet : p. 172 b. Bernès-Marouteau : p. 5 à 8.

Table

collections microcosme
PETITE PLANÈTE

 ## PETITE PLANÈTE / VILLES

 ## LE RAYON DE LA SCIENCE

 ## SOLFÈGES

ACHEVÉ D'IMPRIMER EN 1979 PAR L'IMPRIMERIE TARDY QUERCY S.A. - BOURGES
D. L. 1er trim. 1956 - No 734-12 (2245)